아파트를 훔친 여자

초판 인쇄 2025년 7월 17일
초판 발행 2025년 7월 17일

종이책 ISBN 979-11-92775-72-2(03810)
전자책 ISBN 979-11-92775-75-3(05810)

저 자	문라희, 김성수
기 획 PD	홍선아
제 작	변문경
자 문	이상혁
홍 보	이수현
교 정 교 열	문보람
디 자 인	오지윤(디자인 글로)
종 이	세종페이퍼
인 쇄	영신사
발 행	스토리피아
유 통	다빈치books
출 판 등 록 일	2011년 10월 6일
문 의	storypia23@gmail.com

한국어판 출판권, 저작권 ©(주)메타유니버스 스토리피아 2025
* 이 책은 저작권법에 의해서 보호를 받는 저작물입니다. 무단 전재와 복제를 엄금
합니다. 또한 * 본 소설의 아이템이나 모티프, 줄거리를 차용하여 스핀오프 하거
나 영상화하려면 ㈜메타유니버스와 사전에 IP 활용 계약을 체결해야 합니다.
storypia23@gmail.com으로 문의 바랍니다.
* 잘못된 책은 구입처에서 교환하여 드립니다.

강남 아파트를 가진다는 것,
그것은 곧 권력이다.

아파트를 훔친 여자

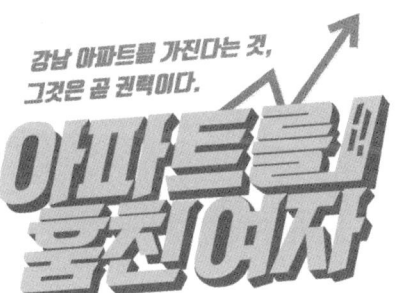

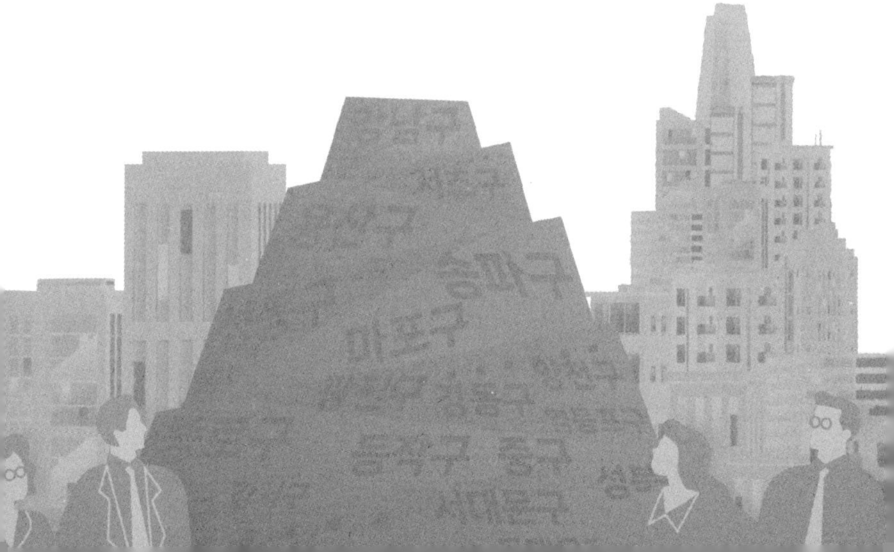

들어가며, 간략 줄거리, 주인공 소개	6
청약을 위한 청혼	9
Tip. 신혼부부 특별공급	20
강남불패에 각성하다	21
아파트에 꽂힌 남자	31
Cookie 1. 강남아파트의 정의	41
Cookie 2. 입지를 결정하는 주요 '세권'의 종류와 의미	42
영끌빚투의 이해	45
인사불성	55
흑역사	66
Cookie 3. 청약 자격 매매 사례	78
Cookie 4. 청약자 위장전입 사례	79
상가를 팔아주세요	80
등기부등본은 말한다	88
뜻밖의 종잣돈	99
패닉바잉과 반반결혼	115
Cookie 5. 직계존속 위장전입 사례_노부모 특공	134
Cookie 6. 직계존속 위장전입 사례_가점제	135
Cookie 7. 위장전입 주소 허위 유지 사례	136
Cookie 8. 위장전입 주소 허위 이전 사례들	137
당첨을 축하합니다	138
금수저의 사고방식	146
부정청약자	156

Cookie 9. 위장결혼 후 혼인무효소송을 한 사례	165
간 떨리는 동거	166
봄과 제리	174
Cookie 10. 혼인신고를 하지 않고 한부모가정 청약	178
Cookie 11. 신혼부부 공문서위조 사례	179
Cookie 12. 신혼부부 청약 자격 조작 사례	180
Cookie 13. 신혼부부 불법 전매 사례	181
가짜 신혼부부	182
원주민과 이주민	196
정의구현	214
위장이혼	231
Cookie 14. 위장이혼 사례	239
부적격자 vs 적격자	241
Cookie 15. 장기전세주택 서울 시프트	248
가짜 시월드	250
자백과 고백 사이	263
가족	283
그 남자 그 여자의 사정	290
헤어질 결심	297
아파트를 훔친 여자	308
에필로그	314
드라마 대본이 AI를 만나 소설이 되다	318

들어가며

"똘똘한 한 채"로 불리는 강남아파트는 자녀에게 좋은 교육 환경을 제공하는 동시에 개인의 자산 증식이라는 두 가지 목적을 동시에 달성할 수 있어 가치가 높아지고 있다. 하지만 강남아파트에 대한 선호는 교육 불평등과 자산 불평등을 동시에 불러와 부의 양극화를 만드는 원인이 되고 있다.

이 이야기는 부의 양극화에 따른 주거 불안이 개인의 윤리적인 기준을 어디까지 무너뜨릴 수 있을까? 라는 질문에서 시작되었다. 국토교통부에서 보도자료로 공개한 아파트 부정청약 사례를 토대로, 작가들의 상상력을 더해 창작하였다. 각 장의 뒤에는 부동산 관련 개념을 쿠키로 제공하여 독자의 이해를 돕고자 하였다.

절대 부정청약을 조장하거나 옹호하기 위한 이야기가 아니다. 이 이야기를 통해 천정부지로 치솟는 강남아파트 값 앞에서 평범한 개인이 얼마나 큰 돈의 유혹을 느끼고, 위법과 준법의 경계에서 얼마나 갈등하는지, 사회적 시스템은 과연 제대로 작동하고 있는지 생각해 보면 좋겠다.

간략 줄거리

강남원주민부동산 실장 강혜라, 전세 손님이었던 이성준에게 로또 아파트에 청약하자는 황당한 제안을 받는다. 부부로 위장하고 경쟁률이 낮은 신혼부부 특별공급으로 청약하자는 것인데, 당첨만 되면 시세차익 10억! 혜라 청약을 넣었는데 한강뷰 로열층에 덜컥 당첨되면서 동시에 부정청약 전수조사 대상자라는 통보를 받는다. 그런데 하필 담당 경찰이 혜라의 전남친[1] 부정국이 앞집으로 이사 오면서 셋이 본격적으로 엮이게 된다.

---

1 예전에 사귀던 남자친구를 부르는 말. 남자친구와 마찬가지로 표준어는 아닙니다. 구남친이라고 부르기도 한다.

주인공 소개

강혜라 (여, 35세)
정직과 신뢰로 아파트를 중개하는 강남원주민부동산 실장, 10년 차 베테랑 공인중개사, 강남 불패의 현장을 목격하며 강남아파트 주인이 되는 것을 꿈꾸어왔지만 이번 생은 포기다. 현실적으로 돈이 없다.

이성준 (남, 31세)
프로그래머, 주식, 코인으로 영앤리치[2]로 성장하고 있다. 혜라에게 예비부부로 위장하여 10억 로또 아파트에 청약하자고 제안한다.

부정국 (남, 37세)
10억 로또 아파트를 증여받아 혜라의 앞집에 이사온 금수저, 정의 사회 구현을 위해 경찰이 되었다. 혜라의 부정청약 전수조사를 담당한다.

---

2 영앤리치란 Young and Rich로 젊은 부자라는 뜻이다.

청약을 위한 청혼

"실장님, 로또 청약 아세요?"
"네?"

햇살이 부동산 유리창으로 쏟아져 들어오는 화사한 오후였다. '강남원주민부동산'은 강남의 똘똘한 한 채로 구성된 3천 세대 대단지 영포한강 아파트 중심상가에 있다.

나는 거기서 실장으로 일하고 있는 강혜라다. 나이 35세, 여성, 과거 건설사 분양팀에서 일했었고, 지금은 부동산 경력 10년 차 베테랑 공인중개사다.

그리고 지금 나에게 이 질문을 던진 사람은 이성준 씨다. 2년 전 내가 전세를 중개해서 이 아파트에 입주했다. 직업은 정확히 모르지만 영포한강 아파트 18평을 9억에 전세로 살고 있다. 두 집을 한 번씩 보고 나서 묻지도 따지지도 않고 전세 계약하고, 수수료도 한 푼 안 깎은 고객이다. 오랜만에 우리 부동산에 들러 뜬금없이 나에게 던진 한마디가 로또 청약 아냐니! 그는 내 당황한 표정을 읽었는지 정확한 용어로 풀어서 말했다.

"강혜라 실장님, 신혼부부 특별공급 아세요?"

"신혼부부 특별공급 알죠!"

2년 전 내가 전세계약서를 쓰면서 알게 된 성준의 나이는 29세였으니까, 지금은 31세, 남자.

문득 내 머릿속에 떠오르는 단어가 있었다.

"결혼하시나 봐요!"

"아니고요."

성준은 단번에 아니라고 했다.

"그럼, 형님이 결혼?"

"외동입니다."

"외동이시구나!"

사실 입주한 지 10년이 되어가는 영포한강 아파트 단지 내 부동산에 신혼부부 특별공급에 대해 문의하는 고객은 없다. 특히 청약이라는 것은 개인이 가진 청약통장의 순위와 지역 그리고 가산점이 중요하다. 그래서 분양 공고에 가산점 항목이 상세하게 기재되어 있고, 당첨자 중에서 만점 통장이 많이 나올수록 시세차익이 큰 로또 아파트다.

결국 분양 공고를 필독하고 상담실로 문의하는 게 확실하다고 그에게 말하려는 순간, 성준이 먼저 말을 꺼냈다.

"제가 아파트 하면 실장님이 떠올라서요."

"아파트? 감사합니다!"

"제가 감사하죠! 지금 있는 전셋집 정말 마음에 들어요. 그래서 부동산은 실장님만 믿고 가기로 결심했습니다. 제가 아는 가장 스마트한 분이니까요!"

"스마트?"

나는 쏟아지는 찬사에 기분이 좋아졌다.

"연예인 닮으시기도 했고!"

"연예인 누구요?"

"도깨비에 나왔던 그 분이요!"

그 말을 참 오랜만에 들었다. 이제는 신이 나기 시작했다. 나는 갑자기 말이 많아졌다.

"신혼부부 특별공급이 일반분양보다 경쟁률이 낮잖아요. 신혼부부들이 서울 아파트 구입의 치트키로 생각하고 몇 년을 준비하죠. 청약 가점부터 올려야 하니까요. 서울 거주기간도 늘리고, 부양가족 수도 늘리고, 정책도 수시로 바뀌니까 계속 모니터링도 하고요!"

"역시 실장님!"

성준은 박수로 화답했다. 하지만 그다음 말이 당황스러웠다.

"근데, 그건 유튜브에서 다 보고 왔어요!"

"네?"

지금 성준과 대화를 하고 있긴 하지만, 그가 무슨 의도로 나를 찾아왔는지 순간 잘 파악이 되지 않았다.

"다 아는데 제게 왜?"

"좀 다른 중개가 필요해서요."

"다른 중개요? 이를테면…."

나는 성준이 무슨 말을 할지 가늠하기 어려웠다.

"사람이요!"

"사람…."

"그 가점[3]을 받을 수 있는 사람을 찾고 있어요!"

"청약 가점을 받을 수 있는 사람이요?"

나는 성준이 중개를 원하는 것이 부동산이 아닌 사람이라는 것을 비로소 깨달았다. 성준은 나에게 이런 뜬금없는 말을 던지게 된 맥락을 곧바로 설명했다.

"들어보세요, 실장님. 제가 신혼부부 특별공급을 해야

---

[3] 청약 가점: 청약을 할 때 무주택기간, 가족원 수, 소득, 부양 조건 등에 따라 점수를 더해 주는 제도.

하는 목적부터 말씀드릴게요."

"네~ 목적!"

"돈입니다."

"돈이요?"

목적이 분명했다.

"10억 로또 아파트 뉴스는 보셨죠?"

"봤죠!"

"로또는 확률이잖아요. 강남아파트 일반분양 경쟁률 3천 대 1이에요. 신혼부부 특별공급은 3 대 1 내외고요."

특별공급 경쟁률이 낮다는 것은 나도 알고 있었다.

"그래서요?"

"신혼부부 특별공급이 제가 강남아파트를 최저가에 살 수 있는 방법입니다. 여기까지 어떻게 생각하세요?"

"제 생각이요?"

"네! 실장님 생각이요!"

"제 생각이 중요한 이유는요?"

"중개를 원하는 당사자시니까요!"

"아~."

나는 '중개를 원하는 당사자'라는 말을 처음에 잘못 이해했다. 청약 가점이 있는 여자를 나더러 찾아 달라는 줄 알았다. 요즘 강남 대단지 아파트에서는 집 있는 사람들끼리 결혼을 전제로 모임도 한다고 하니, 그런 맥락의 중개를 원하는 거구나 생각했다. 이제 나의 우수 고객님의 심기가 불편하시지 않게 정중한 거절 모드로 돌입했다.

"저는 공인중개사예요. 공인중개사는 부동산을 중개해요. 부동산은 토지와 정착물, 움직여 옮길 수 없는 재산을 의미하거든요. 사람을 소개하는 일은 자신이 없네요!"

성준은 아무 말 없이 나를 바라보았다.

나는 부연 설명이 필요하다고 생각하고 말을 이어갔다.

"우선 '강남원주민부동산'은 결혼정보회사가 아니라서 젊은 여성에 대한 데이터가 없어요."

"실장님, 청약통장이랑 가산점 있으시죠?"

"네!"

"제가 좀 빙빙 돌려서 알아듣기 힘드셨을 겁니다. 그냥 단도직입적으로 물어볼게요. 실장님은 청약을 위한 계약결혼에 대해서 어떻게 생각하세요?"

계약결혼? 나는 순간 그 단어를 누가 들었을까 걱정돼 자리에서 벌떡 일어났다. 눈으로 사무실 안을 스캔했다. 직원들이 점심을 먹으러 가서 성준과 나 둘밖에 없었다. 나는 부동산 현관문을 열었다. 마침, 문 앞을 지나가는 사람이 없었던 것도 내게 큰 안도감을 주었다. 내가 다시 의자로 돌아와 앉았을 때 성준은 나를 똑바로 보고 있었다.

나의 안도감은 다시 불안감으로 바뀌었다.

성준이 친동생이었으면 당장 '무슨 뜬금없는 소리야?'라며 한 방 먹였을 것이다. 하지만 이성준 님은 나의 부동산 고객님이시다. 2년에 한 번 꼬박꼬박 중개 수수료를 내주시는 고객이니까 서비스 정신을 발휘해서 진지한 대화로 이끄는 것이 나의 소셜 포지션이었다.

"계약결혼이요?"

나는 차분하게 그 단어를 입에 담고는 말을 이어갔다.

"그런데 그 계약결혼은 평범한 결혼이 아니라, 청약을 목적으로 한 가짜니까 위장결혼 아닌가요?"

"나쁘게 생각하면 그런 거죠. 위장결혼! 위장전입, 위장이혼은 많이 들어보셨죠?"

"들어봤죠!"

"위장결혼은요?"

성준이 아무렇지도 않게 내게 물었다.

"위장결혼은~ 못 들어본 것 같긴 한데~."

"그렇죠, 남녀가 사랑에 빠지면 뭐 내일 당장 오늘 당장이라도 결혼할 수 있어서 그런 게 아닐까요?"

"그럴 수도 있겠죠….."

나는 대답을 하고 성준을 가만히 보았다. 빙빙 돌려서 대화가 위장결혼까지 오고 간 과정을 되돌려 봤다.

성준은 아무도 없는 점심시간에 갑자기 나타났다. 그리고 신혼부부 특별공급 얘기를 꺼냈고, 갑자기 청약 가점이 있는 여자를 소개 아니라 중개해 달라고 했으며, 중개의 목적은 위장결혼을 통한 청약이었다.

결론적으로 그가 여기 온 이유는 위장결혼으로 신혼부부 특별공급에 청약할 여자가 나라고 생각하기 때문인가? 왜지? 나는 이 맥락이 어떻게 구성된 것인지 물어보려고 했는데 그가 먼저 깔끔하게 한 문장으로 말했다.

"저랑 10억 로또 아파트 당첨에 도전해 보실 생각이 있으신가요? 실장님!"

성준은 두 손으로 나를 가리켰다.

성준이 나에게 날린 것은 돌직구였다.

나는 제대로 맞았다.

"저요?"

역시 아침에 뉴스에서 본 기사, 당첨만 되면 10억 로또 아파트가 떠올랐다.

'10억! 그 기사가 사람을 이렇게 만드는구나!'

하지만 나는 이 순간 중심을 잡아야 했다.

"위장결혼으로 청약해서 당첨되면 3년 의무거주기간 채우고 이혼한 다음 반반 나누는 사람이 있을 수도 있겠죠. 그런데 결국 위장전입, 위장이혼 그런 거 재산 증식을 목적으로 법을 어기는 거잖아요."

"그런데 저는 불법보다는 틈새라고 생각해요. 그래서 실장님과 그 틈새로 같이 들어갈 수 있을까를 여쭤보는 겁니다. 계약금 잔금은 다 제가 준비하는 조건이고요."

'투자금은 없고 몸만 와라. 그거네. 사람을 뭘로 보고!'라고 당장 말하고 싶었지만, 고객님이시니까 대답을 최대한 순화할 필요가 있었다.

"조건은 좋은데, 당첨돼도 제가 그 비싼 아파트에서 마음 졸이며 살 자신이 없어요!"

"아! 역시 정의감이 강하신 분이군요!"

이 혈기 왕성하고 10억 뉴스에 꽂힌 청년, 하지만 돈이 있는 잠재적인 우수 고객에게 무슨 말로 거절해야 기분이 안 나쁠까? 나는 난감했었지만 그나마 내 정의감을 근거로 자연스럽게 마무리되는 분위기가 자연스러웠다. 하지만 성준이 결정적인 한마디를 던졌다.

"실장님이 정의감이 강하신 분이라 더 신뢰가 가는데요?"

"네?"

"투자 파트너로 최상입니다!"

"네?"

"결국 저와 함께하시겠군요!"

"제가요?"

이성준 이 무슨 근거 없는 자신감인가, 나를 얼마나 우습게 봤으면…. 왜 내가 그런 제안에 넘어갈 거라고 생각하지? 나는 화가 치미는 것을 공인중개사 10년 경력의 프로 정신으로 다시금 찍어 눌렀다. 하지만 그 순간 한 기억이 비집고 들어왔다.

두어 달 전, 치맥 집에서 영주에게 내가 신세 한탄을 했던 기억이다. 난 무주택에 1순위 통장이 있지만 특별공급 자격도 안 되고, 무엇보다 계약금도 없고 대출도 제한적이라 청약도 못 한다고 신세 한탄을 했었다. 그 자리에 이성준은 없었는데 우연히 한 말치고는 뭔가 석연치 않은 구석이 있었다.

"어디서 무슨 얘기 들으셨어요?"

"들으려고 들은 건 아닌데, 들었죠! 치맥 집에서요."

"아! 역시 거기서~."

이제 이야기의 맥락이 연결되는 것 같았다.

"무주택에 1순위 통장, 미혼 맞으시면 해보시죠, 저랑."

"다 맞습니다. 무주택 1순위도 맞고 결정적으로 미혼이죠! 그런데 제가 차마 위장결혼까지는… 못 하겠네요!"

지금 내 결론을 말하지 않으면 안 될 것 같았다.

하지만 성준의 얼굴에는 여전히 자신감이 가득했다.

"투자를 목적으로 한 청약이에요. 어렵게 생각하지 마

시고 충분히 생각해 보세요. 시간 여유 있습니다!"

"결과적으로 범법 행위라는 사실은 변함이 없잖아요?"

"안 걸릴 방법 있다면요?"

"네에?"

"무단횡단해도 안 걸리면, 법규 위반 아닌 거잖아요!"

"네에?"

나는 말을 할수록 너무 기가 막혀서 다음 말을 못하고 얼굴에 부채질만 했다. 그런데 왜 이 사람은 나를 이런 눈으로 보는 거지? 나는 왜 이렇게 심장이 뛰는 거지? 이성준, 이 사람 뭐지? 갑자기 나타나서 왜 나를 혼란스럽게 하는 거지? 별의별 생각이 다 들었지만, 확실한 것은 이성준 씨가 나에게 청약을 빌미로 청혼 아닌 청탁을 하고 있었다.

진지하게 말이다.

Tip. 신혼부부 특별공급

주택의 공급 방법에는 ① 일반공급 ② 우선공급 ③ 특별공급이 있다(「주택공급에 관한 규칙」 제25조 제1항). 이 중 특별공급은 다자녀가구, 신혼부부, 노부모부양자와 같은 사회적 우대계층을 배려하는 차원에서 해당자에게 우선적으로 주택을 분양하는 방법이다.

신혼부부 특별공급 신청 자격
신혼부부가 나음의 요건을 모두 갖춘 때에는 추첨의 방법으로 한 차례에 한정하여 1세대 1주택 기준으로 사업주체가 건설한 85㎡ 이하의 민영주택을 특별공급 받을 수 있다(규제「주택공급에 관한 규칙」 제41조 제1항).

1) 입주자모집공고일 현재 혼인(혼인관계증명서의 신고일 기준)기간이 7년 이내일 것
2) 무주택세대 구성원일 것

신혼부부 특별공급 입주자 선정 순서
입주자는 다음의 순서에 따라 선정된다(규제「주택공급에 관한 규칙」 제41조 제1항 제2호 및 제2항).

제1순위 다음의 어느 하나에 해당하는 경우

1) 7년 이내의 혼인기간 중 자녀를 출산(임신 중이거나 입양한 경우를 포함)하여 자녀가 있는 경우
2) 「민법」 제855조 제2항에 따라 혼인 중의 출생자로 인정되는 혼인 외의 출생자가 있는 경우

출처: 법제처 https://easylaw.go.kr/ 발췌 2025년 6월 12일

강남불패에 각성하다

나는 '강남원주민부동산' 내 자리에 앉아 있었다. 부동산 이름이 왜 하필 원주민이냐고? 이 부동산 사장님이 영포동 원주민이기 때문이다. 영포에서 태어나 물 들어오던 이 땅에 경부고속도로가 뚫리고, 경부선 호남선 터미널이 생기고, 지하로는 3·7·9호선이 뚫리고, 현재 연 매출 3조가 넘는 신세계백화점 강남점이 들어오기까지, 우리 사장님은 그냥 여기 사셨다.

친구분 중에는 아파트 매도하고 용인 전원주택으로 이사하거나 실버타운으로 들어가신 분이 계시는데, 2020년 아파트 가격이 폭등하면서 화병을 얻으셨다고 한다. 자신들이 팔아버린 아파트 가격이 천정부지로 오르면서 후회가 많으셨던 모양이다.

이렇게 영포가 국내 최고의 입지 풀옵션 금싸라기 땅이 되는 동안 우리 사장님은 그냥 살고만 계셨고, 게으른 성격 덕분에 팔지도 않아 그간 불어난 재산이 어마어마하다.

과거 낡은 8평짜리 아파트 다섯 채를 가지고 계셨는데 2006년 기준으로 8억이 되었고, 재건축이 되어 2009년에 한 채에 입주하셨고, 나머지는 월세를 받고 있는데 현재는 한 채당 호가가 60억이다. 증여받은 40년 전 1억 하던 건물은 이제 250억이 되었다. 건물만 250배 투자수익, 우리 사장님은 평생 노동이라고는 해본 적이 없는데도 수백억 부자로 살고 있다.

'이것이 진정한 원주민의 갓생!'

영포가 아닌 지방 변두리에서 태어났다면 상상도 못 했을 수익이다. 이런 강남 원주민과 그 친구분들의 부동산까지 관리하는 나는 당연히 이주민이다.

이번 생에서는 영포 입성을 영원히 포기해야 할지도 모르는 이주민은 노동으로 돈을 벌고 먹고 살 수 있다. 영포 한강 아파트 단지 중심상가에만 부동산이 서른 곳쯤 있는데, 거기 실장들도 대체로 다 이주민이다. 원주민들의 재산을 관리해 주기 위해서 대부분 강북에서, 강서에서 혹은 수도권 외곽에서 지하철이나 버스를 타고 출퇴근한다.

매일매일 자산이 늘어나는 원주민을 보면서 나는 왜 사는지 허탈해지는 날도 정말 많지만, 언젠가는 이주민인 우리의 자손이 이곳 원주민으로 나고 자라기를 꿈꾼다.

나 강혜라는 충남에서 살다가 극적인 대학 추가 합격으로 입학식 전날 서울에 왔다. 올해로 15년 차 이주민이다. 대기업에도 다녀봤고 사기도 당하고 산전수전 공중전까지 겪으며 '강남원주민부동산'에서 버틴 지 10년 차인데, 오늘 들은 말이 근래 가장 황당한 얘기다.

점심을 안 먹었는데 배에서 꼬르륵 소리도 안 나고, 그저 내 심장 소리만 내 귀에 들린다. 왜 이렇게 가슴이 뛰는 거지? 이성준이라는 그 사람이 청혼 아닌 청약을 하재서? 그 사람이 남자라서? 그건 아닌 것 같다.

청약인지 청혼인지 청탁인지, 결과적으로 내 심장 뜀의 이유는 내 안에서 정의감이 발동하고 있기 때문인 것 같다. 내가 성준과 함께 위장결혼으로 청약한다는 것은 부정한 것이니까. 그저 10억 로또를 노린 범죄라 절대 동조해서는 안 되는 일이다.

요즘은 혼인신고를 안 한 예비부부도 신혼부부 특별공급에 청약이 된단다. 범죄를 조장하는 것도 아니고, 일단 예비부부로 위장하고 당첨이 되면, 나는 성준과 혼인신고를 해야만 한다. 이것이 위장결혼이다. 그다음에는 3년간 정상적인 신혼부부 행세를 해야 할 것이다. 정체가 발각되지 않으려면 말이다.

3년이나 성준과 신혼부부 행세를 하면서 우리 부동산 옆 동네에 살 수 있을까? 암튼 철판 깔고 산다고 치자. 3년 후 나는 그의 청탁을 받아들여 부동산을 최고가에 팔아 시세차익을 얻으려고 할 것이다. 그러면 우리 통장에는 무사히 현금이 입금될 것이다. 그렇게 총 3년 남짓한 계획이 잘 마무리되면 나에게 큰돈이 생긴다. 이 방법이 아니라면 내가 3년 동안 무슨 수로 10억을 손에 넣는단 말인가! 돈을 벌 좋은 기회라는 것은 확실히 맞다. 하지만 나머지는 모두 부정적이다. 이혼녀 딱지가 남을 것이고 우리를 부부로 기억하는 이 동네를 영원히 떠나 살아야 한다.

*

나는 평소처럼 부동산 브로슈어를 들고 아파트 단지를 가로질러 걷고 있었다. 오늘은 유난히 유리에 비치는 내 모습이 눈에 보였다. 여느 때와 같지만 분명 어딘가 달라 보였다. 나는 유리에 내 얼굴을 비추어 보았다.

다크서클? 그거다.

나는 어제 잠을 한숨도 못 잤다. 밤새 각성 된 상태였다. 무엇에 각성한 것인가! 다시 마음을 다잡고 가던 길을 가는데 단지 주민분들이 인사를 해온다.

"안녕하세요. 사모님!"

대체로 영포 지역 연령대가 높으신 분들의 아침 산책 구성원은 혼자 또는 반려견 동반 혼자가 85%다. 부부 동반이 5% 내외이고, 그 외 시간대별 유동적으로 어린이집이나 유치원으로 아이를 걸어서 등원시키는 분들을 만난다. 내 인사말은 같다. "안녕하세요. 사모님!"

하루 중 잠시 단지를 걸으면서 내가 관리하는 아파트의 고객들을 만나는 것도 나의 영업 전략 중 하나다. 그분들은 가끔 자신의 근황 이야기나 하소연을 한다.

아들이 곧 결혼할 것 같다든지, 혼자 되신 누가 곧 집을 팔 거라든지 하는 소소한 정보는 내게 유용할 때가 많다. 사전에 매도 물건이나 매수 대기자를 확보할 수 있기 때문이다. 그래서 나는 일부러 부동산 브로슈어를 끼고 항상 아침 시간에 걷는다. 일종의 광고 같은 거다.

내가 그들에게 원하는 것은 매매, 전세, 월세 만기가 돌아올 때 나를 기억해 주는 것이다. 수많은 부동산 중에서 나에게 전화해 주는 것이다. 성준도 엄밀히 말하면 이들 중 하나로 남아주기를 바라는 내 고객님 중 하나다. 공인중개사에게 고객 정보는 자산이고 고객과의 관계가 절대 불편해지면 안 된다.

그런데… 내 눈앞에 성준이 있었다.

'왜 네가 거기서 나오는 거냐! 아침부터.'

내 심장은 심하게 나대고 있었다.

"안녕하세요!"

"아. 안녕하세요."

그가 먼저 내게 인사했고 나도 웃으며 화답했다. 성준은 내가 웃는 게 웃는 게 아니라는 것을 알까? 그는 조깅하고 땀에 젖은 운동복 차림이었다. 그의 몸에서 출발한 페로몬 냄새가 내 코를 덮치기 전에 나는 전속력으로 부동산 방향으로 걸었다. 문제는 그가 나를 따라오고 있다는 것이다.

*

나는 '강남원주민부동산' 내 자리에 앉았다.

나는 급히 앉다가 덜커덩, 책상 모서리에 허벅지를 찧었다. 다행히 이성준 씨는 그 땀 냄새 나는 상태로 문을 열고 들어오지는 않았다. 그는 배달할 때도 항상 유리문 밖에 있었다. 예의 바른 청년임은 틀림없다. 유리창이 내 공간과 그의 공간을 자연스럽게 분리해 주어 좋았다.

나는 모니터 옆에 놓인 사진을 보았다. 내가 아파트 공인중개사가 된 첫해 사진이다. 초심이라는 글씨가 쓰여 있다. 나에게 일정 알림이 왔다.

놀랍게도 공소시효!

"공소시효!"

오늘이 10년 전 그날이었구나. 내 과거를 풀자면, 대학을 졸업하고 건설사 분양팀 계약직으로 입사해 근무하다가 직원들이 사내 분양으로 돈 버는 것을 보았다. 물론 그때까지만 해도 분양권을 사고팔아 돈을 번다는 자체가 신기할 뿐이었다. 당시 난 가진 돈도 적고, 청약통장에 가입한 지도 얼마 안 돼서 돈이나 열심히 모아보자고 결심했었다. 돌아가신 아버지 사망 보험금이 나의 서울 생활 전세금을 충당하고 있었기에, 나는 버는 돈의 70%를 저축할 수 있었다. 전세로 있던 빌라에서 나와 소형 아파트에 전세로 이사할 날을 꿈꾸며 살았다.

하지만 그 꿈은 곧 산산이 부서지고 말았다.

늦은 저녁 퇴근하던 길이었는데, 내가 살고 있던 빌라 현관에 '전세사기 피해 건물'이라는 스티커가 붙어 있었다. 현관 앞에 모여 있는 사람들, 웅성거리는 인파 사이로 옆집 아저씨가 보였다.

"아저씨!"

"어, 302호 오시네."

나를 보는 옆집 아저씨의 얼굴빛이 좋지 않았다.

"무슨 일이에요? 전세사기라뇨!"

"우리 전세사기 당했어요. 집주인이 파산 신청했대."

"뭐라고요?"

전세계약서에 쓰여있는 집주인의 전화번호로 전화를 걸었다. 하지만 집주인은 전화를 받지 않았다. 사고로 돌아가신 아버지 목숨값이 내 전세금이다. 부동산에서 집주인이 건물을 여러 채 가진 부자라고 말했기에 믿고 전세계약을 했는데, 등기부등본에는 신탁등기[4]가 있었다. 그때는 신탁등기가 내 눈에 보이지 않았을까? 결국 대출이 없고, 등기부등본도 깨끗하다는 부동산 말은 거짓말이었다. 이는 명백한 중개사의 잘못이다. 부동산에 찾아갔지만, 부동산도 이미 폐업하고 사라진 후였다.

다음 날 출근도 못 하고 등기소에 가서 신탁등기를 열람한 다음에야, 이 빌라가 경매에 넘어가도 내가 받을 전

---

[4] 부동산 소유자가 수탁자에게 재산권을 이전하여 관리를 맡기 위한 등기를 말한다. 하지만 최근에는 관리의 목적보다는 수탁자의 신용을 이용해서 큰 대출을 일으킬 목적으로 신탁등기를 한다. 주인이 대출 이자를 감당하지 못하면 부동산은 경매나 공매에 부쳐지고 세입자들은 전세금 반환을 하지 못해 전세사기 피해를 입게 된다. 신탁등기는 등기소에 가서 열람할 수 있다.

세금이 얼마 없다는 것을 알았다. 나는 전세사기 피해자 신청을 하고 며칠을 그냥 누워 있었다. 회사에 갈 힘도 없었고, 무지했던 나에 대한 자책감이 밀려왔다. 결국 나는 마음의 병에 몸의 병까지 얻어 회사에 휴직계를 냈다.

빌라가 경매에 넘어가고 전세금의 일부를 돌려받기까지 그 전 과정에서 나는 임대차보호법과 공인중개사법을 숙지했다. 이것도 인생의 소득이라면 소득인가? 경매가 끝나고 나는 전세금 일부인 3천만 원을 되찾을 수 있었다. 다음 해 나는 공인중개사 자격증을 땄다.

퇴직을 결정하고 영포한강 아파트에 있는 강남원주민 부동산에 취직했다. 월급을 받으며 일을 한지 7년 만인 3년 전 나는 실장 직함을 달았다. 실장이 월급 직원과 다른 점은 중개 수수료의 일정 비율을 월급으로 받는 것이다. 일을 많이 하면 돈을 더 받을 수 있는 점은 좋지만, 비수기 때에는 수입이 아예 없는 달도 있다.

내가 공인중개사를 하면서 세운 목표는 단 하나. 똘똘한 한 채의 강남아파트를 갖는 것이었다. 현재는 신논현역 뒤 작은 빌라에서 월세로 살고 있고, 1순위 청약통장에 2억이라는 정기예금을 넣어둔 게 전부다. 하지만 언젠가 꼭 강남에 내 명의의 아파트를 갖겠다는 각오로 매일 절약정신을 실천했다. 최소한의 비용만 지출하고 대부분의 수입을 저축했다.

나는 확실히 아파트에 대한 열망이 누구보다 컸고 강남아파트 이야기만 들어도 가슴이 뛰는 그런 여자가 맞다. 그런데 2019년에서 2021년 강남아파트는 내가 살 수 있는 현실적인 금액에서 너무나 멀리 올라갔다. 진짜 꿈처럼, 정확히 2018년의 두 배로 치솟은 강남아파트값은 내가 이번 생에서 살 수 없는 수준으로 가격이 올랐다. 거의 포기 상태로 오늘을 잘 살고 있었는데, 이런 나에게 위장결혼으로 청약을 하자니! 성준이 사람을 제대로 보고 찾아온 것은 확실히 맞다.

마침, 성준에게서 문자가 왔다.

―실장님, 점심 드실래요?

―점심이요?

―제가 쏘겠습니다. 이어서 드릴 말씀이 있어요.

하지만 나는 혼란스러움을 들키지 않기 위해 우아하게 거절할 자세가 되어 있었다. 바로 문자를 날렸다.

―괜찮습니다. 제가 점심시간엔 나갈 수가 없어서요.

―그럼, 제가 잠시 들어가겠습니다.

―네?

나는 당황했다. 들어와? 어딜 들어와?

아파트에 꽂힌 남자

"안녕하세요!"

나와 함께 일하는 미영과 지혜가 성준에게 인사했다.

"샌드위치를 좀 사 왔어요. 아직 점심 전이시죠!"

"와! 대박!"

"저희 거예요?"

샌드위치를 받아 들며, 미영과 지혜의 표정이 환해졌다.

"새로 생긴 브런치 집인데, 최고예요!"

"감사합니다."

"제가 실장님께 아파트 관련 자문을 받기로 했거든요. 제가 모시고 나가도 될까요?"

"네! 다녀오세요. 실장님!"

직원 미영과 지혜는 샌드위치와 커피를 받고는 나를 성준에게 인계했다. 그들은 그저 맛있는 자극에 반응하고 있을 뿐이다. 결국 나는 황금 같은 점심시간을 샌드위치에 저당 잡혀, 이성준에게 이끌려 부동산을 나서고 있었다.

*

나는 곧 성준에게 신혼부부 특별공급의 필요충분조건에 대한 2차 설득을 당할 예정이다. 나름 목표지향적이고 집요한 이성준이 나를 어떻게 설득하든지 나는 정확한 판단력과 정의감으로 대응해야 한다. 그것이 내가 우수 고객님을 잃지 않으면서도 범법행위에 가담하지 않을 방법이다.

나의 이성준 고객님은 2년에 한 번 전세계약을 체결해 주시는 우수 고객님이시고, 전세금 9억 이상을 보유하고 있으며 나이도 31세라 앞으로 집을 사고팔거나 이사, 상가 투자까지 모두 내가 관리 가능한 우량체다. 아파트로 치면 똘똘한 한 채인 것이다. 나는 거절 하더라도 고객님의 기분을 절대 상하게 해서는 안 된다고 몇 번이고 다짐하며 그의 말을 경청할 것이다.

'정신 똑바로 차리자, 강혜라!'

한강뷰 스카이라운지에서 메뉴판을 넘겨 보는 성준의 모습이 제법 이 공간과 잘 어울린다고 생각했다. 문득 내가 성준의 전셋집을 구해 줬던 때가 떠올랐다. 성준은 부동산에 들어와서는 방 두 개에 거실 겸 부엌 하나, 작은 평수 전세를 구해달라고 했었다. 대출은 필요 없고 보유 자금은 9억이라고 했던 것으로 기억한다. 직업군은 IT 쪽이라고 했다. 나이 스물아홉에 9억이라는 전세 보증금을 가지고 있다면 금수저거나 고액 연봉자거나 코인이나 주식으로 성공했거나, 그도 아니면 대기업 사내대출로 전세자금 대출이 필요 없는 상태라고 추측했다. 나는 컨디션이 비슷한 두 집을 보여줬고, 성준은 바로 9억에 전세계약을 체결했다. 이후 단 한 번의 잡음 없이 잘 살고 있다.

공인중개사를 하다 보면 요즘은 평형별로 수없이 집만 보고 계약은 안 하는 임장크루[5]를 많이 본다. 물론 가끔 임장크루가 진짜 손님이 되기도 하는데 정말 극소수다. 대체로 임장크루는 소득 없이 중개사의 노동력을 착취하는 존재로 공인중개사 기피 대상 1호다.

---

[5] 실제 매수 의사 없이 중개인에게 아파트를 보여달라고 하고, 매물 정보만 캐가는 사람. 블로거나 유튜버들이 대부분이다.

공인중개사 기피 대상 2호는 혼자 집 보러 온 중년 남자다. 옷차림새를 보면 혼자 사는지 부인이 있는지 알 수 있다. 부인이 있는 중년 남자는 계약할 때 의사 결정권이 대체로 없다. 남자 혼자 실컷 집을 보고서는 부인이 한 번 더 봐야 한다고 가거나, 나중에 전화 와서 부인이 원하는 데가 다른 단지라 거기서 계약했다고 미안하다고 말하는 경우를 흔히 봤다. 물론 이렇게 전화로 결과를 일러주는 분들은 양반이다. 대부분은 집만 보고 연락이 없다.

내가 기억하는 이성준은 까다롭지 않고 의사결정도 빨랐다. 2년이 지나 계약을 갱신할 때도 5% 인상, 깔끔하게 4500만 원을 올려주며 갱신계약서를 썼다. 내가 수수료 10만 원만 받겠다고 했더니 과일바구니를 보낸 센스있는 고객이기도 하다.

어느 날은 내가 시킨 김밥을 배달하는 라이더가 성준인 적도 있었다. 요즘 MZ들이 운동 삼아 음식 배달을 한다는 얘기는 들었었다. 9억이 넘는 아파트에 전세로 살고 있는 IT 종사자가 음식 배달을 한다는 것이 놀라웠다.

물론 가장 의외의 상황은 이번에 일어났다. 청약을 위해 위장결혼을 하자는 청혼 아닌 청혼을 하고, 당첨되면 3년 후에 팔아달라는 청탁까지 날렸다.

청약, 청혼, 청탁이라니, 진짜 이 사람이 돈에 환장을 했다고 생각했는데, 또 오늘은 그가 지금 강남 한복판 호텔 스카이라운지에서 점심을 사준단다. 정체가 뭐지? 돈을 목적으로 나에게 당근과 채찍을 날리고 있는 성준의 정체가 갑자기 더 궁금해졌다.

"이게 좋겠네요. 괜찮죠."

성준은 메뉴판의 메뉴를 내게 보여주며 말했다. 나는 한글과 영문이 뒤섞인 메뉴판에서 성준이 고른 메뉴보다, 그 옆에 쓰여있는 가격에 놀랐다. 9만 9천 원? 부담스러운데. 이걸 얻어먹고 또 무슨 설교를 얼마나 들어야 하는 건지 두려웠다. 나는 일단 낮은 가격의 메뉴를 골랐다.

"저 그냥 샌드위치 먹을게요. 여기 5만 2천 원이네요."
"여기 샌드위치 별로예요."
"네?"
"스테이크랑 페어링 된 와인을 50% 할인해 준대요."
"와인이요? 낮인데?"
"한 잔인데요."
"비쌀 텐데요."
"제가 어젯밤에 미국 주식이 폭등했어요. 178%."
"주식이요?"

이성준 고객님은 주식을 하나보다. IT 종사자인데 주식하고 종종 라이더까지 하는 건실한 청년은 영원한 우수 고객일 수 있겠다는 확신이 생겼다. 무슨 종목에 투자하는지 궁금하긴 했지만 우선 묻지 않기로 했다. 그냥 안정적인 자산 운용에 찬사를 보내는 것으로 마무리하려는 순간 그가 말했다.

"이따 종목도 추천해 드릴게요."

"네!"

'아니요!'라는 대답이 나오지 않았다. 어떤 주식일지 너무 궁금해 본능적으로 '네'라고 대답했다. 주문을 마친 성준은 몇 가지 종목을 냅킨에 적어서 나에게 주었다.

"등락 폭이 좀 크긴 한데요, 상폐까지는 안 가요. 떨어지더라도 그냥 가지고 계시면 두 배 이상은 오를 거예요."

"두 배는 알겠는데 상폐는 뭔가요?"

"아. 상장폐지요."

"아!"

"갖고 계시면 휴지 조각은 안 된다는 뜻이었습니다."

휴지 조각에 적어준 주식 종목이 휴지 조각은 되지 않고 두 배는 오른다니, 나는 고이고이 접어 주머니에 넣었다.

나는 사실 주식을 해본 적이 없었다. 나에게 인지된 재테크는 오직 부동산. 나는 강남 사람들이 그동안 강남 부동산으로 어떻게 자산을 늘려갔는지 누구보다 잘 알고 있었기에 부동산이 길이자 진리라 여기고 살았다.

언젠가 나도 강남아파트만 사면 내 투자가 완성형이 된다고 생각했다. 주식이든 복권이든 신이 나에게 줄 행운이 조금이라도 있다면 오로지 아파트에 몰아서 달라고 기도했다. 그런 나에게 성준은 마치 내 생각과 관심사를 꿰뚫어 보는 것처럼 말했다.

"아무것도 하지 않으면 아무 일도 일어나지 않습니다! 청약을 안 하면 싸게 부동산을 살 수 없어요!"

"치맥 집에서 제 얘기를 자세히 들으신 모양인데요…."

"서로의 목표와 가진 조건을 맞춰보고, 최고의 선택을 해보자는 겁니다. 윈윈!"

"윈윈?"

나도 모르게 그 말을 따라 했다.

"진지하게 생각해 주세요."

그는 공손히 말했고, 나는 다시 우수 고객 응대 자세로 전환했다.

"네, 좋은 제안 정말 감사합니다. 그런데"

나는 성준의 진지한 눈빛을 보고 말 문이 막혔다. 뒤의 말을 이어간 것은 성준이었다.

"연인이라고 다 결혼하나요? 사랑한다고 다 결혼하나요? 아니잖아요! 조건 보고 결혼하고, 정략결혼도 하죠. 자본주의에서 결혼은 인생 최대의 투자이기도 하니까요."

"그건 그렇죠!"

"실장님은 1순위 통장이 있고, 저는 계약금이 있어서 우린 필요충분조건이에요."

"조건이 맞는 건 이해해요. 그런데 조건이 맞는다고 다 위장결혼 하는 건 아니잖아요. 부정청약 싫어요!"

결국 나는 소신을 밝혔다.

"주의하면, 안 걸려요."

"디지털 시대에요. 위장전입, 위장이혼은 스마트폰 위치 추적하고, 건강보험 확인한다는 뉴스도 봤어요."

"그래서 위장결혼 하자는 겁니다."

다시 위장결혼? 그의 순환논리에 난 말문이 막혔다. 그는 자신이 그렇게 생각하는 이유를 설명했다.

"위장결혼은 감별하기 어려워요. 당첨되고 혼인신고하고 입주도 했는데, 대판 싸워서 3일 만에 갈라서는 부부라면 그건 위장결혼인가요? 아니거든요!"

나는 고객님 이성준의 심기를 살펴야 한다.

"위장결혼 감별은 쉽지 않겠네요! 그렇지만."

성준은 나를 보고 씩 웃었다.

"말 끊어서 죄송해요. 혼인신고도 당첨되면 그때 하면 돼요. 추첨에서 떨어지면 당연히 혼인신고 할 필요도 없어요, 당첨되면 혼인신고하고 3년 후 이혼, 수익은 반반

조건, 손해 볼 일 없는 최상의 투자예요. 그리고 사유가 분명하면 나중에 혼인무효소송 해서 흔적을 지울 수 있어요. 문제는 같이 살아야 하느냐 하는 건데, 그건 당첨되면 논의하시죠."

"같이 살 수는 없어요!"

"따로 살 방법도 생각해 봤는데요, 스마트폰 하나 더 개통해서 한 사람이 두 개 가지고 다니면 되지 않을까요? 위치 추적을 역이용하는 거죠. 두 개의 폰을 들고 한 사람이 당첨된 아파트에 살면 동거까지 안 해도 됩니다."

나의 귀에 환희의 송가가 들려왔다. 위치 추적도 피하고 동거도 안 해도 된다는 생각에 다시 마음이 편해졌다.

"의무거주기간과 양도세 비과세 요건 채워서 3년이라는 거죠? 기간이요."

"네 맞아요, 미리 걱정하지 마시고 당첨되면 고민하시죠!"

성준의 말을 들으며 나는 궁금한 것이 하나 생겼다.

"마지막으로 한 가지만 물어볼게요."

"네!"

"이런 제안 저한테 하신 이유가, 제가 불쌍해 보여서 그런 건가요?"

"아니요!"

성준은 단호하게 아니라고 했다. 그리고 잠시 적절한

말을 찾는 듯하더니 말을 이어갔다.

"믿음이 가서요."

"네?"

"전부터 믿음이 가더라고요. 전세계약서 쓸 때도 정직하게 중개한달까? 성실하시고, 김밥도 자주 드셔서 참 생활력이 강하고 바르게 사시구나 생각했어요."

"김밥! 아, 네! 바르죠!"

"당첨되면 최고가에 팔아주실 거란 믿음도 한몫했죠!"

"최고가! 그건 그렇죠!"

나는 성준의 말을 들으며 내가 99%까지 설득되었다는 것을 자각했다. 나는 달아오르는 얼굴에 부채질하고 있었다.

"생각만 해도 덥네요."

이 남자, 아파트에 꽂힌 게 확실하다!

아파트 아파트, 아파트 아파트! 귓가에 K-pop이 들리는 듯했다.

Cookie 1. 강남아파트의 정의

요즘은 강남에 있다고 다 강남아파트가 아니다. 강남아파트란, 대한민국 서울의 강남구, 서초구, 송파구, 용산구, 성동구, 마포구, 여의도 등 한강 변에 있다. 2025년을 기준으로 평당 1억 3천만 원을 호가하며 내기 수요가 꾸준한 상급지다. 강남아파트는 '세권(勢圈)'이라는 개념을 아우른다. 세권은 시설이나 환경이 주거지의 가치에 미치는 영향력을 의미한다. 강남은 다양한 '세권'을 모두 가지고 있는 국내 유일의 지역이다.

최고의 교통(역세권), 교육(학세권), 쇼핑(백세권) 인프라를 갖추고 양질의 의료 서비스(병세권)와 인접한다. 게다가 쾌적한 자연환경(숲세권)까지 복합적인 프리미엄을 가진 대한민국 대표 아파트를 말한다.

최근엔 강남아파트를 똘똘한 한 채라고도 부른다. 희소성, 자산성, 사회적 지위와 인적·물적 인프라가 보장되어 있는 데다 지속적으로 가격이 상승하기 때문이다. 물심양면으로 소유자 삶의 만족도를 높이는 다양한 가치들의 집약체가 강남아파트라고 할 수 있다.

강남아파트는 프리미엄 '세권 프리미엄'을 가지고 있다. 세권 프리미엄은 오랜 기간 형성된 것으로 변하기 어렵다. 지하철, 관공서, 병원, 학교, 백화점의 위치를 쉽게 바꿀 수 있는가? 입지는 쉽게 형성하기도 어렵지만 쉽게 변동되기도 어렵다. 이 모든 가치가 강남아파트의 가치를 유지하고 가격과 소유자의 품위를 유지하는 핵심적인 요인이다.

Cookie 2. 입지를 결정하는 주요 '세권'의 종류와 의미

1. 병세권 (病勢圈): 대형 병원 인접 주거지

'병세권'은 대학병원이나 종합병원 등 대규모 의료시설과 가까워 신속하고 편리하게 의료 서비스를 이용할 수 있는 주거 지역이다. 응급 상황 발생 시 빠른 대처가 가능하고 중증인 경우에도 한 곳에서 협진이 가능하다. 과거에는 부부가 강남에서 자녀 교육을 마치면 노년에는 수도권 전원주택으로 이동하는 경우가 많았다. 하지만 요즘같이 100세 시대에는 병원 이동이 가깝고, 응급 상황에서 대처가 가능한 상급종합병원 근처에서 노년을 보내려는 수요가 늘었다. 전 연령에 걸쳐 높은 가치를 가지는 입지가 병세권이다.

> **강남의 예시**
> **강남세브란스병원 인근:** 강남구 개포동, 도곡동, 대치동은 병세권의 혜택을 누리는 대표적인 지역이다.
> **서울성모병원 인근:** 서초구 반포동의 '래미안퍼스티지', '원베일리', "반포자이', '반포센트럴자이', '반포르엘' 등이 걸어서 병세권 아파트에 해당한다.
> **신촌 세브란스병원 인근:** 서대문구에 있지만 국내 최고의 의료 서비스를 누릴 수 있다. '마포그랑자이', '마포프레스티지자이' 같은 마포구 아파트들이 병세권 아파트이며 '경희궁자이'도 수요가 높다.
> **서울아산병원 인근:** 잠실의 대단지 아파트들은 모두 병세권이다.
> **삼성서울병원 인근:** 강남구 일원동, 수서동이 병세권이다.

2. 백세권 (百勢圈): 백화점 등 쇼핑 인프라 인접 주거지

'백세권'은 백화점, 대형 쇼핑몰 등 고급 쇼핑 및 문화 시설을 도보로 이용할 수 있는 지역을 의미한다. 이는 단순한 쇼핑의 편리함을 넘어, 해당 지역의 높은 소득 수준과 완성된 생활 인프라를 상징하는 지표로 여겨진다.

강남의 예시
고속터미널 일대: 매출 3조 신세계백화점 강남점 주변의 반포동, 잠원동, 서초동 아파트들은 대표적인 백세권 단지이다.
삼성동 일대: 현대백화점 무역센터점과 스타필드 코엑스몰에 인접한 아파트들이 이에 해당한다.

3. 역세권 (驛勢圈): 지하철역 인접 주거지

가장 전통적이고 보편적인 '세권'으로, 지하철역을 도보 5~10분 이내로 이용할 수 있는 지역을 말한다. 대중교통 이용이 편리해 출퇴근 시간이 단축되고, 유동 인구가 많아 상권이 발달하는 등 주거 편의성의 핵심 요소이다.

강남의 예시
강남은 서울의 주요 지하철 노선(2호선, 3호선, 7호선, 9호선, 신분당선 등)이 거미줄처럼 얽혀 있어 대부분 역세권에 해당한다. 특히 강남역, 삼성역, 선릉역, 고속터미널역 등 여러 노선이 교차하는 더블, 트리플 역세권 아파트들은 최고의 역세권 입지를 가진다.

4. 학세권 (學勢圈): 명문 학군 및 학원가 인접 주거지

'학세권'은 우수한 초·중·고등학교와 유명 학원가가 밀집해 있어 교육 환경이 뛰어난 지역을 말한다. 교육열이 높은 한국 사회의 특성상, 학세권은 아파트 가격에 가장 큰 영향을 미치는 요소 중 하나로 꼽힌다. 초품아, 중품아등의 신조어도 생겼다.

강남의 예시

강남구 대치동: '대한민국 사교육 1번지'로 불리는 대치동 학원가 주변의 아파트 단지들(예: 은마아파트, 도곡렉슬 등)은 학세권의 대명사로 불린다. 이 지역에 거주하는 것만으로도 양질의 교육 인프라를 누릴 수 있다는 기대감이 높다.

5. 숲세권 (숲勢圈): 공원 및 녹지 인접 주거지

'숲세권'은 공원, 산, 강 등 녹지 공간이 풍부하여 쾌적한 자연환경을 누릴 수 있는 주거 지역을 뜻한다. 삶의 질과 힐링에 대한 수요가 증가하면서, 도심 속에서도 자연을 가까이할 수 있는 숲세권의 가치가 재평가받고 있다.

강남의 예시

서초구 반포동/잠원동: 한강공원과 서리풀공원에 쉽게 접근할 수 있는 아파트들이 숲세권의 장점이 있다.

강남구 개포동/일원동: 대모산과 구룡산에 인접한 아파트 단지들이 대표적이다.

출처: Open AI, 챗GPT

영끌빚투의 이해

"아무것도 몰랐던 때로 돌아갈 수 있을까?"

나는 얼굴이 화끈거리는 것을 느꼈다. 눈만 뜨면 10억 로또 뉴스가 어른거렸다. 나는 심지어 부동산에 있는 내 자리에서 10억 로또 청약 뉴스만 찾아보고 있었다. 자꾸 성준의 말들이 생각나고, 청약만 같이 넣어보는 게 뭐가 어때서? 당첨되면 고민해도 늦지 않는다는 쪽으로 생각이 기울고 있었다. 스스로 정당화하는 내가 낯설 지경이었다.

"한다고는 아직 안 했다."

나도 모르게 혼잣말이 튀어나와 버렸다.

"네? 뭐라고 하셨어요?"

미영이 내 말을 듣고 물었다.

"아니, 아무것도 아니야!"

나는 벌떡 일어났다. 그리고 답답한 속을 달래려 밖을 향하며 말했다.

"잠깐 나갔다 올게."

*

홀로 단지를 걸으며 생각했다. 사실 강남아파트가 가지고 싶어서 공인중개사 따고 여기에 취직한 나였다. 그동안 즐겁게 일할 수 있었던 것도, 따지고 보면 강남아파트와 그 인프라를 좋아하기 때문이었다.

"청약만 해보는 건데, 뭐가 어때서!"

나도 모르게 튀어나온 말에 당황해서 빠르게 걸었다.

그때 나와 정면으로 마주친 사람은 영주였다.

"안녕!"

"안녕!"

영주는 '강남토박이부동산'에서 나오는 길이었다.

"왜 거기서 나와?"

"분위기 좀 보려고!"

"무슨 분위기?"

"애크로펜타스 조합원분 호가!"

"애크로펜타스?"

나는 놀라서 영주를 다시 보았다. 강남아파트 가격이 폭등하고, 임대차 3법이 시행되고, 보유세와 취득세, 양도세 관련 정책이 쏟아지면서 부동산에도 나나 영주 같은 20~30대들이 대거 유입되었다. 분양사무소 출신 젊은 공인중개사들은 분양 관련 고급 정보를 나누고 분양이나 입주 때는 공동중개를 하며 수입을 올린다. 여기 영포한강아파트 입주 때부터 친하게 지내온 동료가 영주다. 그런데 영주가 애크로펜타스 조합원분 호가를 본다는 것은, 10억 로또가 맞는지 알아본다는 뜻이기도 했다. 조합원들이 호가를 올려서 매매가 이루어지면, 당첨되면 시세차익이 10억 이상이 되겠지만 그만큼 청약 경쟁률도 오를 것이다.

"뭘 그렇게 놀라? 오늘 저녁에 오는 거지?"

"오늘 저녁? 무슨 저녁?"

"와 섭섭하네. 단톡방 읽씹이 너였어?"

"읽씹? 내가?"

"단톡에 올렸잖아. 나 결혼 기념으로 쏜다고!"

"결혼?"

영주는 밝게 웃으며 대답했다.

"급하게 혼인신고만 했어. 아파트 입주 시기 맞추느라!"

"입주?"

"정확히는 청약이지."

"청약?"

"응! 로또 떴을 때 청약해야지!"

"어디?"

"애크로페타스!"

그 말에 내 눈꺼풀이 파르르 떨렸다.

"신혼부부 특별공급 알지?"

그 말에 내 눈앞에 성준의 얼굴이 불쑥 등장했다가 사라졌다. 무슨 팝업처럼 말이다. 성준을 다시 의식으로 소환한 내 얼굴은 다시 붉게 달아오르고 있었다.

"알지, 너무 잘 알지."

내 목소리는 약간 오기가 담긴 소리 같았다. 10억 로또인데, 당첨돼도 최소 10억이 있어야 입주가 가능한 곳이다. 성준이 청약하자는 바로 그곳을 노리는 내 주변의 또 한 사람이 영주였다니 그 재력이 놀라웠다. 나는 바로 사실 확인에 들어갔다.

"계약금이 있어?"

"영끌이지 뭐!"

"대출로 충당이 돼?"

"신혼부부 특별대출 최대로 받아. 영끌빚투다."

그 대답을 들으니 나는 영주에게 물어본 것이 미안했다.

"그랬구나!"

"흙수저가 방법이 뭐 있겠어? 대출을 받아 이자를 내더라도 당첨만 되면 좋겠다. 로또 아파트!"

내겐 영주의 목소리가 성준의 목소리로 변조되어 들리는 것 같았다.

"10억, 로또 아파트!"

이게 무슨 서라운드 입체음향이란 말인가. 혼성 코러스인가 듀엣인가? 이 마음을 설레게 하는 로또 아파트라는 단어, 청년 무주택자에게 아파트란 참 간절한 단어인가 보다.

다시 현실로 돌아와서 영주와 성준이 같은 유튜브를 봤을지도 모른다는 생각에 이르렀다. 내 입에서 나온 첫마디는 결국 이거였다.

"당첨 가능성이 큰가?"

나도 결국 영주가 가진 정보를 더 캐고 싶었다.

"이따 오면 자세히 얘기해 줄게."

영주는 나에게 할 말이 많다는 표정으로 말했다.

"가능성을 얘기해 준다고?"

"전부 다! 이따 봐."

"어? 어!"

영주가 내 시야에서 멀어질수록 나는 머릿속이 복잡해지는 것을 느끼며 대답했다.

'이제 영주까지? 미쳐버리겠네!'

나는 혼잣말을 하면서 다시 강남원주민부동산으로 향했다.

*

나는 영주가 쏜다고 공지한 인생 술집에 앉아 있었다. 오랜만에 만나는 친구들이라 늙었다는 말 안 들으려고 쿠션도 열심히 두드리고, 집에 들러 옷도 갈아입고 나왔다. 영주와 다른 네 명의 친구들이 함께였다. 조금 이상한 것은 오늘의 주인공 신랑은 일이 있어서 불참한다는 것이었다.

"청약하기 위해서 혼인신고 먼저 하고, 김영주 진짜 목표 지향적인 사람이야."

"그럼~."

"가점은 다 챙겨봤어?"

"역시 분양팀 출신 아니랄까 봐. 신혼부부 특별공급 가점이 서울 거주기간이랑 무주택기간 그리고 부양가족인데 신혼부부들이 애부터 낳는 사람이 어디 있어. 강남권에서 결혼도 늦고 상황은 다 비슷하지. 경쟁률은 3 대 1 예상이라 당첨 확률이 33%니까 가능성 높지!"

"대박이네."

"3 대 1이면 된다고 봐, 나도."

"그렇게 자신 있어?"

나는 영주에게 물었다.

"이번에 내가 멘토님을 바꿨거든. 타로집. 건대쪽 라쿤 타로라고 있는데, 기가 막혀!"

"타로로?"

"인생 멘토 만났나 보네!"

"진짜?"

"올해 결혼하면 청약된대."

"무슨 그런 것까지 맞혀?"

"다 맞혀, 다."

"조심하라는 건 없고?"

내가 물었다.

"조심?"

영주는 좋은 자리에서 무슨 분위기 흐리는 소리냐는 표정으로 내게 말했다.

"관재수가 있다는데, 좋게 풀면 청약 당첨돼서 등기하러 간다는 그런 해석도 된대."

"대박!"

"그럼 되는 거네."

"그렇다고 봐야지."

나는 이 상황에서 자꾸 성준이 떠올랐다.

'걔가 왜 떠올라~!'

스스로 황당하다고 생각할 즈음이었다.

나와 눈이 마주친 것은 성준이었다.

성준은 정장을 빼입고 붉은 장미꽃 한 다발을 든 채 걸어 들어오고 있었다.

'뭐야? 왜 네가 왜 거기서.'

성준은 분명 내 옆으로 성큼성큼 다가오고 있었고, 나는 내 앞으로 다가오는 성준이 들고 있는 장미꽃 향이 느껴지는 순간 눈을 질끈 감았다.

"실장님."

성준이 부른 사람은 내가 아니라 영주였다.

"네?"

그 사실을 인지하는 순간 나는 정신이 번쩍 들었다.

'진짜 왜 이래! 헛것이 보여!'

나는 긴장해서 주변 공기가 사라지는 것 같았다.

"꽃 배달 왔습니다."

성준은 내 앞으로 꽃다발을 내밀었다.

순간 나는 눈을 질끈 감았고 내 심장은 쿵 하고 내려앉았다.

눈을 떴을 때 꽃다발은 내가 아닌 영주에게 가 있었다.

영주가 성준을 보며 말했다.

"아 감사합니다. 대표님께 문자 받았어요."

우리에게 영주는 부연 설명을 했다.

"주말데이트 결혼정보회사 대표님이 보내신 거야!"

친구 진영이가 물었다.

"결정사[6]가 후속 서비스도 좋네. 이름이 뭐랬지?"

"주말데이트 결혼정보회사."

"5점 만점 주실 거죠!"

성준은 영주에게 물었다. 꽃 배달하면서 점수까지 챙기는 성준이 참 특이했다. 9억 전세를 살면서 배달 라이더에 후기라니 참 대단한 생활력이라고 생각했다.

"당근이죠! 다들 주말데이트 결혼정보회사 강추해요!"

모두 박수로 화답했다. 나는 어딘가 씁쓸했다. 사실 나도 한때는 주말데이트 결혼정보회사 회원이었다. 모종의 사건으로 홧김에 탈퇴해 버렸지만, 영주는 성실하게 주말데이트를 해왔고 드디어 성혼 커플로 이름을 올렸다.

---

6 결혼정보회사를 줄여서 부르는 말.

나와 같은 공간에서 환호하고 있는 성준을 보았다.

성준이 했던 말이 떠올랐다.

"아무것도 하지 않으면 아무 일도 일어나지 않습니다! 청약을 안 하면 당첨이 안 되고 저렴하게 부동산을 살 기회는 없어요!"

나는 나의 처지와 성격을 자책하듯 술잔을 비웠다.

아무것도 하지 않으면 아무 일도 일어나지 않는다는 진리를 그 순간 깨닫고 있었다.

인사불성

내가 정신이 들었을 때 다정한 목소리가 나를 깨우고 있었다.

"일어나세요!"

성준이 인사불성이 된 나를 조심스럽게 흔들고 있었다.

눈을 떴을 때 성준의 얼굴이 희미하게 보였다. 다시 그가 선명해졌다가 희미해졌지만 분명 성준이었다.

"너~ 아니, 아직 안 갔어요?"

"네, 안 갔습니다."

나는 이성준 고객님에게 존댓말로 바꾸어 말했다.

"안 가셨어요?"

"네!"

성준이 영주에게 꽃을 준 것까지는 분명히 기억나는데 그다음이 기억나지 않았다.

"다들? 갔어요?"

"네 다 가셨어요."

나는 주변을 둘러보았고 성준의 말대로 진짜 아무도 없었다. 나는 순간 벌떡 일어났다. 몸이 휘청거렸다.

"과음하셨어요! 뭐 그럴 수 있죠, 속상하신 거 이해합니다."

성준이 내 속내를 후벼 파듯 말했다. 나는 이 순간 성준에게 어떻게 반응해야 할지 생각했다. 이럴 땐 얼굴에 철판을 깔고 모르쇠로 일관하는 것이 상책이다.

"왜 속이 상해요, 친구가 결혼하는데."

성준은 웃음이 나오려는 것을 간신히 참는 것처럼 입꼬리를 씰룩거리다가 말했다.

"기억 안 나세요?"

"무슨 기억이…?"

나는 더욱 당황했다. 무슨 기억을 말하는 것인가?

"못 하셔서 다행입니다."

취해서 휘청거리는 내가 한심하게 느껴졌다.

"야~ 내가 뭘 했어?"

확실히 술이라는 것은 무서운 구석이 있다. 하늘 같은

고객님에게 갑자기 '야~'를 지르다니 말이다.

"나가시죠! 나가서 말씀하세요."

성준은 나를 부축하며 말했다.

"야! 이성준, 너 자꾸 왜 나 놀리는 것 같지?"

성준은 반말하는 나를 빤히 보았다.

"취객과는 대화 안 합니다."

성준을 똑바로 보고 있는 이 순간 나는 심장이 벌렁거렸다. 그리고 속이 확 뒤집혔다. 우욱, 하는 소리와 함께 구역질이 올라왔다.

"쏠려요?"

성준이 걱정스럽게 물었다. 나는 간신히 진정하며 물었다.

"내가 무슨 말 했어?"

"죽여버릴 거라고 하시던데요! 조만간!"

"누구를?"

"무슨 공소시효가 끝났다고!"

"그 말을 했다고? 내가?"

내가 아무리 취했어도 그런 말을 했을 리는 없었다. 나는 실수를 하는 사람이 아니다. 그냥 취하면 잠이 들고 술이 깨면서 조용히 일어난다.

"그리고 결혼하자고 하셨어요! 저한테."

"내가?"

순간 내 안에 참았던 것이 터져 나왔다. 그 자리에서 정신이 아득해지면서 그대로 성준에게 안겼다.

*

꿈속에 초등학생인 내가 있었다. 4학년 때인 것 같은데, 당시에도 어릴 적에 돌아가셨다는 어머니에 대한 기억은 없다. 피아노학원에서 돌아오는 길에 아버지를 보고 부동산으로 들어갔었다.

부동산에서 아버지는 처절하게 하소연하고 있었다.

"보증금은요? 저희 보증금은."

"깡통전세야, 몰랐어?"

"저흰 어디로 가라고요?"

"낸들 아나. 부동산에서 알아보고 하셔야지. 중개 수수료 몇 푼 아끼자고 건축주랑 직거래라니, 사기당하려고 작정했어?"

"등기부등본도 깨끗한 거 확인하고 계약했어요."

"그 등본은 누가 보여준 건데?"

"건축주요!"

"날짜는 확인했고?"

"그날 날짜였어요! 그리고 제가 따로 떼봤어요. 등기소갔다 왔어요."

"작정하고 사기 쳤네!"

"네?"

보통 부동산을 담보로 대출을 일으키면 은행에서는 고용한 법무사가 등기소에 가서 근저당권 설정 등기를 한다. 이 내용이 등기부등본에 반영될 때까지 시간이 필요하다. 2002년 인터넷 등기소가 개소한 이후 변경 신청 중인 부동산은 등본을 뗄 때 주의 메시지가 뜨지만, 이전에는 이러한 시스템이 없었다.

빌라왕에게 전세사기를 당한 아버지는 나를 데리고 작은 단칸방에 월세로 살게 되었다. 당시 아버지는 아파트 공사장에서 일을 시작했다. 거기서 살면서 고등학교 졸업을 앞두고 대학 추가 합격을 기다리던 날이었다. 나는 대학 대신 병원에서 먼저 전화를 받았다. 공사장이 무너져 내렸고 아버지가 크게 다쳐 수술 중이라는 것이었다. 내가 정신없이 병원에 도착했을 때 아버지는 이미 세상을 떠난 후였다. 혼자 아버지 장례식을 치르는데 학교에서 문자가 왔다. 그리고 이윽고 전화가 왔다. 합격이라고 말이다. 정말 큰 소리로 오래 울었던 기억이 난다.

건설사의 무리한 공사 기간 단축으로 발생한 사고였는데, 일용직 노동자에게 주어지는 사망 보험금은 크지 않앉다. 하지만 그 돈으로 나는 서울로 올라올 수 있었고 작은 빌라에 전세를 얻었다. 물론 한 번 당한 기억이 있어 나름대로 철저하게 주인에 대한 검증을 마쳤다. 대학을 졸업하고 대기업 분양팀에 출근하면서 돈을 모을 수 있었던 것도 내가 사는 빌라가 전세이기 때문이었다.

하지만 2015년 내가 살던 빌라도 주인이 대출을 갚지 못해 경매에 넘어갔다. 나는 꽤 오래 거기 살았기 때문에 그곳이 깡통전세였다는 사실이 믿기지 않았다. 내가 살던 빌라 주인은 똑똑하고 멋진 여자 같았는데, 빌라 전세금으로 투자했다가 사기를 당했다고 했다. 주인이 직접 우리에게 고개를 숙이며 사과했지만 내가 전세사기 피해자라는 사실은 변하지 않았다.

내가 공인중개사 자격증을 따게 된 가장 큰 이유는 이렇게 두 번의 전세사기 피해 때문인지도 모른다. 제대로 알아야 당하지 않는다는 생각이었다. 경매 절차가 끝나고 전세사기를 당한 그 집에서 나오던 그날 나는 아버지가 돌아가신 날보다 더 크게 울었다.

*

점차 내 의식이 돌아오고 있었다. 정말 태어나서 지금

껏 술 먹고 정신을 잃은 것은 처음이었다. 피곤했었나? 아니면 진짜 속이 상했던 것인가? 내 몸은 다크서클을 일으켜 쉬라는 경고장을 날렸지만 나는 무시했고 계속 알코올을 들이부었다. 그것도 2년 반 만에… 죄대 용량이있다.

내가 눈을 떴을 때 천장이 보였다.

그게 확실히 우리 집 천장은 아니었다. 영주의 집도 아니었다. 순간 문득 이곳에 누군가에게 업혀서 들어왔던 기억이 떠올랐다. 그리고 그가 나에게 말을 걸었다.

"괜찮으세요?"

"네?"

나는 소스라치게 놀랐다. 성준이었다.

"네, 고객님."

나는 이불 속으로 고개 밀어 넣으며 작게 말했는데 하필이면 고객님이 뭔가? 오랜만에 내 혈액 속에 파고든 알코올이 아직 뇌세포 곳곳에 남아 인지 오류를 만들고 있는 모양이었다. 성준의 목소리가 들렸다.

"저 성준이에요. 알아보시겠어요?"

"네!"

"좀 더 주무세요!"

"가아죠."

내가 일어나 앉았을 때 그는 약을 내밀었다.

"약 드세요!"

성준이 내게 내민 것은 숙취해소제였다.

"괜찮아요!"

"숙취엔 이게 최곱니다!"

나는 거부할 수 없었다. 그가 내민 숙취해소제를 위장에 들이붓고 빨리 정신을 차리고 싶었다. 나는 단숨에 약을 들이켰다.

성준은 씩 웃더니 부엌으로 갔다. 순간 내 눈을 의심했다. 내가 중개했던 그 18평짜리 소형 아파트가 맞는지 의심스러울 정도로 화려했다. 거실 벽에는 아홉 개의 모니터가 줄지어 세팅되어 있었다. 왼편에는 철제 장식장에 피규어들이 가득했는데, 크리스털 해골 모형에 기사의 갑옷과 깃발까지 있었다. 갑옷을 입은 기사와 눈이 마주치자 나는 어지럽고 머리가 깨질 듯이 아팠다.

"옷 챙겨놨어요. 입으세요!"

성준이 말했다.

"옷이요?"

순간 내가 슬립만 입고 있다는 사실을 자각했다.

"옆에요."

성준은 나를 배려하듯 말했다. 나는 고개를 돌려보았다. 내가 어제 입었던 옷이 깔끔하게 세탁되어 내 옆에 걸려 있었다. 나는 구역질을 했던 기억이 떠올랐다.

"세탁하셨어요?"

"빨래방 다녀왔습니다."

"빨래방!"

나는 허둥지둥 옷을 입었다.

어제의 기억이 돌아올수록 암담했다.

"화장실은 이쪽이요. 세수하고 해장국 드세요."

"해장국이요?"

나는 해장국까지 먹고 갈 염치는 없었다.

"죄송합니다. 정말 오늘 일은… 잊어주세요."

"그건 안 되겠는데요?"

그는 단호했다.

"네?"

"해장국은 드시고 가세요! 이게 제 기억을 지우는 효과가 있거든요!"

장난 같은 성준의 말에 나는 발끈했다.

"죄송한데, 저 장난할 기분이 아니에요."

"저도요. 어제 저한테 왜 그러셨어요?"

나는 성준을 바라보며 말했다.

"또 뭐가 있었나요?"

정말 산 넘어 산이라고 생각했다. 뭐가 있었던 것인가?

"세수하시고, 해장국 드시면 말씀드릴게요."
"…네에."

*

나는 그가 시키는 대로 화장실에서 세수부터 했다. 그리고 밖으로 나왔고 성준이 있는 부엌으로 자연스럽게 걸어왔다. 그리고 성준이 이끄는 대로 그의 식탁에 앉았다. 내 자리에 놓인 북엇국을 급히 한 숟갈 뜨고는 말했다.

"말해 주세요!"

"다 드시면요!"

나는 다시 북엇국을 떠먹었다. 일어나서부터 지금까지 내가 한 행동들은 전부 자의가 아닌 타의에 의한 것이다. 나는 성준의 지시에 따라 국에 밥을 말아 먹기 시작했다. 다행스러운 것은 국이 정말 맛있었다는 것이다. 향긋한 북어에 청양고추까지, 속이 확 풀리는 기분이었다.

"음식 솜씨가 좋으시네요."

나는 화제를 북엇국으로 돌렸다.

"빨래방 다녀오는 길에 사 왔어요."

"네~"

"이 동네 핫플이에요."

"네. 자주 해장하시나 봐요."

"아니요. 전 술 안 마십니다. 진짜 속이 확 풀리나요?"

"네."

"후기에 그렇게 쓰여 있었습니다."

"정확하네요."

하는 계속 국을 떠먹었다. 나는 이 순간 시키는 대로 할 수밖에 없었다. 가장 큰 이유는 어제의 흑역사에서 더 어떤 사건이 있었는지 궁금증 때문이었고, 성준에 대한 미안함도 있었다. 또한 그가 내 고객이라는 사회적 관계가 잘 유지되기를 바라기 때문이었다.

흑역사

식사를 마쳤을 때 성준은 내게 차를 내밀었다.

"감사합니다."

한 모금 마시고 보니 헛개차 종류 같았다. 나는 성준에게 물었다.

"다들 어제 왜 먼저 갔나요?"

"실장님이 취하셔서는 다들 먼저 가라고 소리치셨어요. 30분만 자고 간다고."

"아 그랬군요!"

"다들 두고 가시던데요. 자주 그러셨나 봐요!"

"자주는 아니구요! 가끔, 그런데 제가 업혀 왔나요?"

나는 갑자기 어제의 기억 하나가 밀고 들어왔다.

"정확히는 들려서 왔습니다."

"들려?"

"들리세요?"

성준은 말했다.

"뭐가?"

내 귀에 차분한 클래식 음악이 들려왔다.

성준이 폰을 만지작거리더니 거실에 음악이 켜졌다.

"마음을 안정시켜 줄 겁니다."

"…네에."

성준은 나에게 말했다.

"영주 실장님이 로또 청약을 한다는 말에 얼마나 속이 뒤집어졌으면 저러시나. 마음이 아팠습니다."

나는 고개를 들어 성준을 보았다. 성준은 꽃 배달만 하고 나갔다고 생각했는데, 영주의 청약에 대해서도 알고 있었다.

"어제 저한테 하신 말이요!"

"어제 제가 뭐라고 했다고요?"

"저한테 결혼하자고 했던 거, 정말 기억 안 나세요?"

"제가요? 정말요? 제가 왜? 그랬을 리가 없는데요."

성준은 나를 빤히 쳐다보았다. 나는 얼굴이 붉어졌다.

"그렇죠! 그런 말씀 안 하셨어요!"

"네에?"

"제가 장난한 거예요!"

나는 화가 치밀어 올랐다.

"장난이요? 왜 그런 장난을!"

"실장님 아침 먹이려구요!"

나는 말 문이 막혔다.

"저 붙잡아 두고 아침 먹이려고 하신 말씀이라는 거죠!"

나는 고객님을 대하는 공인중개사의 자세로 개인적인 감정은 누르고 환하게 웃었다.

"챙겨주셔서 감사합니다."

나는 공손하게 고개를 숙였다.

"더 할 말도 있고요."

"할 말이요?"

"강남아파트 청약이요! 생각은 좀 해보셨어요?"

결국 올 것이 왔다. 빙빙 돌아 성준이 얘기하고 싶었을 본론으로 돌아왔다.

"야~."

다행히도 동시에 사레가 들렸다. 내가 캑캑거리자, 성준은 냅킨을 건네며 내 뒤로 와서 등을 쳐주었다.

"괜찮으세요?"

나는 순간 내 성질머리가 새어 나가지 않았음에 감사했

다. 고객님에게는 언제까지나 포커페이스를 유지하는 것이 프로 실장의 자세다.

"만일 당첨되면 10억인 거죠?"

"네~ 당첨되면요."

"제가 생각을 좀 해봤는데요, 주말데이트 결혼정보회사라고, 거기 어제 영주한테 꽃 보낸 그 회사, 배달만 하신 거라 모르시려나? 암튼 거기 가입하시면요."

"결혼정보회사 가입이요?"

"네!"

"결정사에서 처음 만난 사람한테 바로 위장결혼을 제안해도 되나요? 미친놈 소리 듣거나 경찰에 고발당할걸요?"

"하긴, 그건 그렇네요."

"아시니까, 제안한 겁니다."

"네!"

성준은 내가 자신의 말뜻을 이해했다고 생각했는지 다행스럽다는 표정이었다. 성준은 진지했지만, 그가 다른 파트너를 구할 시간이라도 벌게 한시라도 빨리 답을 주는 것이 낫겠다고 생각했다. 난 성준에게 고민의 여지 없이 결론을 말했다.

"저 말인데요!"

"네?"

"안 합니다. 저는 성격상 법을 어기는 일은 못 해요!"
"성격상이요?"

나는 성준의 눈을 똑바로 보고 분명히 내 뜻을 전했다. 성준은 안타까운 표정으로 나를 보았지만, 이 순간은 나를 더 설득하려고 하지 않았다.

당첨되면 내 명의로 아파트가 생기는 것이고, 3년 후에 판다면 투자수익도 보장된다. 무엇보다 내가 3년 안에 그 큰돈을 벌 수 있는 다른 방법은 진짜 로또 복권에 당첨되는 것뿐인데 가능성은 희박하다.

하지만 나는 성격적인 문제가 가장 걸렸다. 난 한 가지 걱정거리가 생기면 아직 일어나지 않는 일까지 미리 걱정하며 전전긍긍하고 괴로워하는 성격이다. 결국 내가 법을 어기지 않는 것은, 내 정의감 때문에, 내 마음이 편하기 위해서라고 할 수 있다.

*

나는 늘 걷던 아파트 단지 산책로로 걸어가고 있었다.

다 말하고 나면 속이 시원할 줄 알았는데, 왜 허탈할까? 마치 10억이 내 통장으로 들어왔다가 빠져나간 그런 기분이 들었다.

순간 발목을 삐끗했다. 한 번 약해지면 계속 같은 문제가 생긴다. 그런데 어제 비슷한 상황이 연상되며 기억이 되살아났다. 술기운에 나는 길거리에 쪼그리고 앉아 울기 시작했던 것 같다. 옆에서 성준이 나에게 물었었다.

"실장님! 우세요?"

나는 주저앉으며 중얼거렸다.

"아파트가. 사람 되게 비참하게 만든다. 진짜!"

"실장님!"

성준의 목소리가 애잔하게 들렸다. 그 기억은 어젯밤이었지만 감정은 2년 전 그날과 같았다. 내 인생에서 결코 지울 수 없는, 과거의 한 사람이 떠올랐다.

부정국! 그 사람이었다.

*

경찰서 내부, '아파트 부정청약 특별단속 TF'라고 쓰인 곳에 팀장 부정국 명패가 보였다. 정국은 서류를 넘기고 있었다. 그 앞에 서서 영빈은 그에게 보고하는 중이었다.

"국토교통부에서 청약 과열된 지역이나 특정 로또 분양 단지를 대상으로 공급 실태를 점검한 결과라네요."

"면밀하게 점검을 왜 이제 했어? 400건이 뭐야?"

"자꾸 제보가 들어와서 한 번에 파봤대요. 로또 아파트가 위장전입, 위장이혼 그런 게 많을 테니까 이번에 제대로 점검한 거죠."

"그동안은 안 하고?"

"그런 거죠."

"뒤늦게라도 찾았다니 좋은데 이걸 왜 우리가 수사해?"

영빈은 의아한 표정으로 고개를 갸웃거렸다.

"경찰이니까요!"

"진짜 경찰이 별걸 다 한다. 도대체 어떤 사람들이 불법으로 아파트 청약을 해?"

"집 없는 사람들이요! 무주택!"

"헐~ 집 없다고 다 하나?"

"청약통장, 가점도 있어야 하고, 대출 요건도 맞고."

"야~ 정영빈. 왜 신났냐?"

"저는 이 사건 너무 재밌어요. 공감도 되고요. 목돈 있고, 청약통장 있고, 당첨되면 10억인데 저 같아도 하겠네요. 이참에 법망을 피해 갈 틈새도 찾아봐야죠."

"너 경찰 맞냐?"

영빈이 어깨를 으쓱하며 말했다.

"공무원 월급 평생 모아도 못 만지는 돈이에요. 10억."

정국의 눈이 커졌다.

"야! 그 말이 아니잖아. 경찰이 범법 행위를 옹호해서는 안 된다는 거지."

정국은 항상 강조해 왔다. 경찰이 해야 하는 일은 정직과 정의 실현이라고 믿는다. 하지만 MZ 경찰인 영빈은 정국에게 진지한 표정으로 들이댔다.

"저는 그들의 투자 동기에 공감합니다."

"범행 동기 아니고?"

"투자 동기죠. 경찰이기 이전에 헬조선의 미혼 무주택 흙수저 청년입니다. 제가 금수저 팀장님과 생각이 다른 게 당연합니다!"

정국은 자신을 지칭하는 금수저라는 말이 불편했다.

"요즘 청년들…."

"팀장님도 아직 청년이세요, 만 나이로요. 저는 대체로 현실적으로 생각합니다. 아파트가 있으면 결혼도 쉽겠지만, 없으면 결혼하기 어려운 게 헬조선의 현실입니다. 그래서 제가 팀장님을 존경합니다. 가진 자!"

영빈의 살짝 비꼬는 듯한 어조가 정국의 인지 시스템을 건드렸다.

"가진 자?"

"원래 가지고 계신 분들은 원해 본 적이 없으니 공감 불가죠. 강남아파트 원주민!"

"넌 날 보면 강남아파트만 떠오르니?"

"우선 금수저가 떠오릅니다. 강남아파트가 다음으로 떠오르고요."

"왜?"

"자본주의니까요. 요즘은 공실 많은 건물주 아니라 강남아파트 보유자! 인생 지향점이죠! 추앙합니다!"

"추앙? 추하다."

정국은 부정청약자 서류를 흔들어 보이며 말했다.

"이게, 3년 이하의 징역 3천만 원 이하의 벌금이잖아."

영빈의 입가에 미소가 번졌다.

"싸네요. 10억에서 벌금 3천만 원 빼도 9억 7천이네요. 계산해 보세요."

"너 진짜! 이 아파트는 계약 취소되는 거 몰라?"

"아 그 계산을 못 했네요! 제가 경험이 없어서!"

정국이 화를 누르며 말했다.

"그런 사고방식으로 단속은 하겠냐?"

영빈은 곧바로 표정을 바꾸었다.

"그건 합니다. 월급은 받아야죠. 성실하게 수사 진행하겠습니다."

정국은 말문이 막혔고, 영빈은 잠시 생각에 잠기는 듯하더니 말을 이었다.

"표정 왜 그러세요?"

"월급 때문에. 단속은 제대로 하겠다는 네 말 믿는다!"

"믿어주세요! 그럼, 현장 다녀오겠습니다."

영빈이 사신만만한 표징으로 나갈 준비를 했다.

정국은 정말 못마땅한 표정으로 그를 바라보며 손을 저었다.

"그래 가라~."

*

나는 비로소 집에 들어왔다. 나는 긴 여행을 끝내고 온 사람처럼 내 방 침대에 누웠다. 천장을 멍하니 바라보니 한숨이 나왔다.

"흑역사다!"

거울을 보지 않아도 지금 내 얼굴이 어떤 모습일지 상상이 되었다. 대학 때도 도서관 집만 왕복해서 동기들과 어울리는 일도 없었고 그래서 술을 먹을 일도 없었다. 사실 술 먹을 돈도 없었다.

아파트 청약 같이 하자는 남자 때문에 술을 마신 건지, 아니면 영주가 아파트 청약을 위해 결혼을 앞당겼다는 말을 듣고 내 신세가 처량해졌는지, 어제는 쉽게 취하고 또 쉽게 멘털이 무너졌다.

이성준은 오늘만큼은 고객님에서 흑역사 속 나를 조롱한 나쁜 놈으로 관계 전환되었다. 갑자기 청약을 같이 하자고 들이댄다는 것부터 미심쩍은 구석이 있었다. 31세 이성준은 우선 외모로는 큰 키에 매끈한 피지컬, 흰 피부에 미소년의 이목구비를 가졌다. 9억에 전세를 잘 살고 있고 나름 재력가로 보인다.

강남의 9억 전세는 언제든지 빼서 계약금, 중도금을 댈 수 있다. 그가 말한 대로 금전적으로는 아파트 청약이 준비된 것이 맞다. 나는 청약통장과 가점은 되는데 계약금이나 중도금이 없어서 강남아파트 청약은 꿈도 못 꿨다. 따지고 보면 당첨된 10억 시세차익에 강남아파트의 명의도 우선은 내 것이다. 그래서 사기당할 일도 없다. 진짜 나만 결심하면 청약할 수 있는 조건이다. 청첩장 하나 찍고, 결혼식장 예약도 만들어서 결혼 예정 증빙을 해도 된다. 당첨은 하늘에 맡겨야겠지만 말이다.

"당첨되면 10억!"

나는 분명 못한다고 말하고 왔는데, 귀에서는 여전히 이성준의 목소리가 들렸다. 아예 세뇌가 되었났 보다. 나는 벌떡 일어나 화장대 앞에 앉았다. 내 안에 있는 나에게 말을 걸어볼 참이었다.

"강혜라. 너 그동안 신호위반도 한번 안 했어. 각종 법규 잘 지키고, 세금도 꼬박꼬박 냈어. 공인중개사 따고 연수도 착실히 받고, 중개 규정도 한번 어긴 적 없는 넌데, 그래서 못한다고 말하고 왔는데, 지금 왜 이러는 기니? 10억 포기 못 하겠어?"

나는 잠시 생각하고 스스로에게 말했다.

"10억 크다."

결국 10억을 떠올릴 때마다 다시 청약 쪽으로 마음이 한 걸음씩 이동하고 있었고, 나를 지배하던 정의감은 한없이 작아졌다. 성준의 목소리로 추정되는 목소리가 다시 귓가에 맴돌았다.

"얼마나 속이 뒤집어졌으면 저러실까!"

순간 내 배에서 천둥 같은 소리가 났다. 내 속이 진짜 뒤집어지는 모양이다. 나는 의자에서 벌떡 일어나 화장실로 걸어갔다. 짧은 동선이었지만 엄청난 뱃고동 소리가 들렸다.

Cookie 3. 청약 자격 매매 사례

E씨는 남편 및 자녀와 함께 광주시에 거주하면서, 청약브로커 F씨와 공모하여 금융인증서 등을 넘겨주어 대리로 청약한 후, 파주(운정신도시)에서 공급하는 북한이탈주민 특별공급 주택에 당첨되자 F씨가 대리로 계약함

* 주택청약 시 F씨의 스마트폰번호, 연락주소 등 입력

(출처:국토교통부 보도자료)

Cookie 4. 청약자 위장전입 사례

청약자 위장전입

A씨는 부인 및 자녀와 함께 부산에서 거주하면서, 본인은 서울 장인·장모 집으로 위장전입 하고, 용인에서 거주하는 부모를 부산으로 위장전입 시킨 후, 서울에서 공급하는 주택에 청약 가점제 일반공급으로 청약하여 당첨됨

* '건강보험 요양급여내역'으로 위장전입 확인

(출처:국토교통부 보도자료)

상가를 팔아주세요

 오후에 출근한다고 단톡에 문자는 보냈지만, 직원들은 아무 대답이 없었다.
 "왜 아무도 대답이 없지?"
 내가 '강남원주민부동산' 앞에 섰을 때 비로소 알았다. 오늘은 모든 부동산이 쉬기로 한 날이라는 것을 말이다. 요즘 MZ들은 퇴근 후나 휴일에는 업무용 톡방을 절대 열지 않는다. 워라밸에 충실하다. 그런데 나는 꼭 본다. 쉬는 날도 본다. 내가 꼰대인지 책임감이 강한지는 알 수 없다.
 강남에 있는 대단지 아파트 상가 1층은 대부분 부동산이다. 다닥다닥 붙어 있는 탓에 부동산끼리 경쟁도 심하지만 나름의 연대를 가지고 움직인다. 그래서 오늘 문을 열면 공동의 약속을 어기는 것이다. 오늘은 개인 전화로 문의하는 손님에게 응대하는 정도만 허용된다. 부동산으로 들어갈 수도 없어서 나는 다시 집으로 발길을 돌렸다.

그때였다. 누군가 다가왔다.

"실장님!"

또 성준이었다.

나는 화들짝 놀랐다.

'스토커세요?'

이 말이 정말 말이 입 밖까지 나오려 했지만, 입을 손으로 틀어막고 말을 삼켰다. 이유는 전과 달랐다. 성준에게 내 흔들리는 마음을 들키면 안 된다는 생각 때문이었다.

"참 인연이세요. 그럼~"

"속은 괜찮으세요?"

나는 가려고 했지만, 성준이 말로 나를 붙들었다.

"죄송합니다. 불편하게 해드려서요."

성준이 말했다.

"그 말 듣자고 한 말이 아닌데요."

나는 빠르게 말머리를 돌렸다.

"주말데이트 결혼정보회사 강추해요. 성혼 성적이 좋아요! 영주도 거기서 했구요. 현실적으로 보증금 전액 있다고 하시고, 초고속 결혼 하실 분을 찾아달라고 해보세요. 있을 겁니다."

성준에게 결정사를 추천하는 것은, 그가 빨리 다른 사람을 만나야 내 마음이 정리가 될 것 같았기 때문이다.

그런데 이 말을 하는 내 마음이 어딘가 전과 달랐다. 허전했다. 하지만 허전함을 딛고 나는 다시 말을 이었다.

"제가 가입 링크 알려드릴게요. 기존 고객 소개면 쿠폰도 줘요."

나는 생각과 행동이 크게 엇갈리는 것 같았다.

"이벤트 끝났나?"

나는 폰으로 앱을 검색하고 있었다. 수많은 결혼정보회사 앱이 나타났다.

"이벤트 끝났어요!"

"벌써 알아보셨구나. 결정사 정보도 빠삭하시네요. 역시 목표 지향적이세요!"

"목표를 달성해야죠!"

"포기하지 마세요!"

"포기 안 합니다."

나는 성준의 결연한 목소리를 듣고 놀라, 하마터면 폰을 떨어뜨릴 뻔했다. 폰을 잡으려다 중심을 잃고 순간 휘청거렸다. 성준이 재빨리 나를 잡았다.

"드릴 말씀이 있는데요."

"아 위장결혼 그 얘기는 아니시죠?"

"그 얘긴데요."

"분명히 안 한다고 말씀드렸고요, 그 생각하면 현기증 나요. 쇠싯는 생각 들어서 심장이 띨리구요."

"정의감이 정말 강하시군요!"

성준이 화색을 띠며 나에게 말했다.

"그런 편이죠!"

"현기증이 날 정도로 치열하게 고민까지~ 감사합니다."

성준이 미소 지으며 말했다.

나는 양손을 앞으로 흔들며 단호하게 말했다.

"저는 법을 어기는 일은 안 합니다! 말씀 드린대로요!"

"이건 다른 얘긴데요. 실장님."

"다른 얘기요?"

"부동산 상담이요!"

"아파트? 부동산? 그런데 오늘은 안 되겠는데요?"

"왜요?"

"부동산 쉬는 날이거든요! 부동산 문 열면 협회에서 경고받아요!"

*

성준은 나를 단지 내 중심상가 복도 구석으로 데려갔다.
"어디 가세요?"
"여기 제 아지트가 있습니다."
"아지트요?"
"제가 상가에 모르는 공간이 있을까요?"
정말 나도 모르는 테라스가 그곳에 있었다. 아지트 안에 의자 두 개와 테이블이 놓여 있었다. 상가와 연결된 테라스였는데, 에어컨도 있고 커피머신과 소설책이 있었다.
"여긴 어디예요?"
"제가 쓴다고 조금 빌린 아지트예요. 만수무강약국 아시죠. 거기랑 연결되어 있어요."
"뷰가 멋지네요!"
"여긴 인터넷도 안 돼서 제가 책 읽고 조용히 집중할 필요가 있을 때 와요."
"좋은 곳이네요. 여긴 임대를 누가 관리하나요?"
"아, 실장님. 직업 정신이 투철하십니다!"
성준은 내게 솔직히 말했다.
"제가 좀~"
나는 멋쩍었지만, 매매 임대 물건 확보에 대해서는 늘

적극적이었다.

"이 약국, 저희 아버지 거거든요."

"아버지 거요?"

나는 순간 아버지가 부자여서 성준이 금수저라고 황급히 결론지었다.

"저희 아버지가 약사세요!"

"아 그래요?"

"아버지에게 사정이 생겨서 팔려고요. 이제 약국 못하실 것 같아서요!"

"다른 분에게 약국으로 임대 놓으시면 되는데요?"

"관리하기 귀찮아서요."

"제가 관리해 드릴게요. 아버지 명의인가요?"

"제 명의입니다."

"증여받으셨어요?"

"제가 사드린 거예요?"

"네에?"

"저 20대 초반에, 코인 광풍이 불었잖아요."

"네!"

"그때, 제가 사드린 겁니다."

"아, 효자시네요. 그럼 정확한 직업이 전에 프로그래머라고 하셨는데."

"프로그래머라 재택하고요. 주로 야간에 근무해요. 업데이트, 서버 점검 그쪽은 야간작업이 많거든요!"

"아! 그래서 낮에 단지를 돌아다니시는군요."

"그렇죠! 운동 삼아 배달도 하고요."

나는 성준에 대한 의문이 조금씩 풀리는 것 같았다.

"그런데 무슨 사정이 있으신지 물어봐도 돼요?"

"아버지가 편찮으세요!"

"아!"

나는 진짜 마음이 흔들림을 느꼈다. 이성준이라는 서른한 살의 남자, 연하지만 일찍부터 코인을 한 자산가, 아버지에게 상가를 내드리고 아버지의 건강을 걱정하는 따뜻한 마음씨를 가졌다.

"제가 최근에 주식 잘됐다고 말씀드렸죠!"

"네!"

"2억을 하루에 벌었는데…."

"네에?"

"전에 그 냅킨 가지고 계시죠."

"네!"

"사셨어요?"

"아니요."

"사시지 그러셨어요!"

나는 순간 허탈감이 몰려왔다.
"다른 거 알려드려요?"
"어떤 종목인가요?"
폰을 열어 메모를 시작하는 나에게 다시 환희의 목소리가 들리는 듯했다.

등기부등본은 말한다

나는 집에 오자마자 성준이 준 냅킨을 열었다.

성준이 적어준 종목들이 있었다.

하나하나 검색해 봤다. 200%, 300%? 이게 실화야?

정말 성준이 적어준 종목들은 폭등했었다.

그간 성준의 말에 신뢰가 갔다. 이제 약국이 입점한 상가를 매도하는 절차를 준비해야 한다. 나는 냅킨을 들고 부동산으로 향했다.

*

우선 내 자리에서 등기부등본을 뗐다.

등기부등본에 소유자가 이성준 본인이라고 명시되어 있었다. 하긴 아버지에게 효도라고 상가를 사줬다가는 큰 증여세를 물어야 한다. 그간 무상으로 이 상가를 아버지가 사용한 것도 엄밀히 말해서 증여의 소지가 있다.

서른의 성준은 도대체 코인으로 얼마나 번 것일까? 20억? 30억? 이윽고 화면에 띄워진 등기부등본 맨 마지막 장에는 최고가로 근저당 설정이 되어 있었다.

"대출은 왜 이렇게 많아?"

대출을 빼면 전세 보증금하고 얼추 합해서 15억 전후가 성준의 전 부동산 재산이라고 판단되었다.

"원주민 아니고 이주민이 맞네! 원주민은 대출 따윈 없는데 말이야. 대출이 많아서 판다는 건가?"

물론 코인으로 2억을 하룻밤에 버는 사람이니, 금융 자산도 꽤 있을 거라고 생각되었다. 나는 상가 매물을 온라인에 등록하고, 성준의 스마트폰 번호를 등록해 주인 매물로 올렸다. 문득 영주와 성준이 내가 아는 것보다 더 연결점이 많을 수도 있다는 생각이 들었다.

나는 영주에게 전화를 걸었다.

*

"영주야!"

"어! 어제는 잘 갔어?"

"그냥 가면 어떡하냐."

"나 사실 갑자기 좀 급한 일이 있었어. 미안."

"잘 해결됐고?"

"어!"

영주의 목소리에는 분주함이 있었다.

나는 빨리 용건만 말하고 끊어야겠다고 생각했다.

"만수무강약국 혹시 알아? 그 상가 팔아달라고 의뢰가 들어왔는데, 네가 아나 해서."

"모르는데?"

"네가 관리하는 상가인가 해서."

"너한테 의뢰 들어왔으면 네 관리 물건이지, 그리고 내 물건이라도 우리끼리 상도덕은~ 스킵하자!"

"어. 고마워. 결혼 준비는 잘되고?"

"어."

"남편 얼굴 궁금했는데."

"다음 기회 만들어 볼게."

"그래 그럼, 청약 준비 잘해."

"어!"

오랜만에 한 영주와의 통화는 참 짧게 끝이 났다.

영주 남편 될 사람은 뭐 하는 사람인지, 나이는 몇 살인지 물어보고 싶었다. 오래 친했던 영주인데 결혼한다는 사람 얼굴도 아직 못 봤다는 것이 서운하기도 했다.

하지만 영주는 좀 분주해 보였고, 내 궁금증은 언젠가 해결되리라 생각했다.

그 순간 원주민 고객 한 분이 문을 열고 들어왔다.

"안녕하세요?"

지혜가 맞았지만, 원주민들은 아무래도 실장인 나에게 온다. 원주민들의 나이가 고령화되는 추세다. 부동산에 오시면 부동산 업무 외의 부탁도 많이 한다.

"나 프린트 하나만 해줘."

"스마트폰 이게 안 되는데 한 번 봐줘."

"나 팩스 좀 보내줘."

이런 사무는 얼마든지 할 수 있다. 그런데….

"우리 아들 장가 좀 보내줘!"

나는 순간 놀라서 되물었다.

"아드님이요?"

"어, 우리 아들이랑 결혼할 여기 아파트 가진 사람 없나?"

"여자분을 소개해 달라 구요?"

"어!"

'요즘 사방에서 왜 이러니!'

나는 속으로 생각했다. 그런데 문득 떠오르는 여자분이 있었다. 외동딸 키우고 전형적인 원주민, 그분은 항상 같은 시간에 산책하신다.

그 딸이 증여받은 집도 내가 관리한다.

내가 월세 꼬박꼬박 나오는 기업 임원의 사택으로 중개해 드려서 우리 부동산 단골이 되신 분이다. 전화를 걸기보다는 우선 만나서 상황 파악하는 게 중요했다.

*

나는 작정하고 선캡을 쓴 다음 룰루레몬에서 산 운동복을 갈아입고 산책로로 나갔다. 그리고 정시에 그분을 만나게 되었다. 나는 그분과 같이 산책로를 걸었다.

"요즘 따님은요, 어떻게 지내세요?"

"그러고 있지. 요즘은 집에서 잘 나가지도 않아. 친구들 다 결혼하고 애 있고 그러니까, 좀 우울한가 봐."

"그래요~."

나는 기회는 찬스라고 생각했다.

"어제 여기 집 한 채 있으신 분이 한 채 있으신 분과 자녀 결혼시켜서 한 채는 세 주고 한 채는 쓰고 그러면 좋겠다고 하시고 갔는데요."

"그럼 좋지!"

"성날 좋으시겠어요?"

"그럼, 있으면 소개라도 시켜줘 봐!"

*

이심전심이라고 두 원주민 할머니가 '강남원주민부동산'에 나란히 앉았다. 앞에는 등기부등본과 자녀 신분증을 가지고 말이다. 최근 뉴스에서 영포 신축아파트 보유자들이 모이는 결혼 모임 영결회가 있다는 기사를 봤다. 명함을 지참해야 하고, 와서 마음에 드는 사람과 짝을 찾아서 어울린다고 한다. '강남원주민부동산'에서는 개인이 내미는 명함 따윈 믿지 않는다. 오직 등기소에서 발행한 부동산의 명함, 갓 뽑은 따끈따끈한 등기부등본만 믿는다. 등기부등본은 인터넷 등기소에서 누구나 뗄 수 있다.

공인중개사들은 보통 매매, 임대를 할 때 부동산 상태를 등기부등본으로 확인한다. 거기엔 부동산 소유자, 매매 금액, 대출, 근저당 설정, 압류 등 부동산에 대한 모든 정보가 기록되어 있다. 그리고 본인이 맞는지 신분증으로

아파트를 훔친 여자

확인한다. 그런데 등기부등본과 자녀의 신분증으로 부동산이 아닌 자녀들을 중개해 본 경우는 처음이다. 요즘 세태를 반영하는 아이로니컬한 풍경이다. 강남 원주민이기에 이해가 가는 그런 풍경 말이다.

*

그리고 일주일 후였다.
"만났어요?"
"어. 결혼하겠대."
"네? 정말 축하드려요, 사모님!"
"그렇지 않아도 한번 가려고 했어, 우리가."
"부동산으로요?"
두 분이 내게 내민 것은 금일봉이었다.
200만 원이 들어 있었다.
"감사합니다. 근데 안 주셔도 되는데요."
"우리 아파트도 관리해 주고, 골칫거리도 관리해 주고, 정말 고마워요. 앞으로도 잘 부탁해요!"

*

200만 원을 사람 중개 수수료로 받다니, 정말 난처하지만 슬거운 일이었다.

이 돈을 어떻게 쓸까를 고민했다. 늦은 저녁이었다.

"아~ 나스닥!"

성준이 점지해 준 나스닥이 스쳤다.

성준이 내게 준 냅킨은 집 안에 고이 모셔져 있었다.

우선 입금이 중요했다. 현금 200만 원을 들고 상가에 있는 현금입출금기로 갔다. 현금은 무사히 입금됐다.

"스닥스닥스닥, 나스닥!"

발걸음도 가볍게 나는 집으로 갔다.

앱을 깔았다. 앱을 까는데 주말데이트 결혼정보회사 앱이 보였다. 바로 삭제했다.

나스닥은 이미 개장해 있었고, 불기둥이 이곳저곳에 솟구쳐 있었다. 개인 인증서를 등록하고 온라인 증권 계좌를 개설하고, 거기까지는 수월했다. 그런데 문제는 나에게 해외 주식 매수 권한이 없다는 것이었다. 어찌어찌 해외주식 매수 권한을 설정했다. 그리고 성준이 점지해 준 나스닥 종목들을 검색했다. 폭등하고 있었다.

'전능하신 고객님!'

찬사를 보내기엔 내 마음이 너무 급했다. 빨리 매수를 해야 했다. 증권 계좌로 200만 원을 이체했다. 그런데 그다음 스텝은 환전이었다. 또 어찌어찌 환전을 누른 순간이었다.

"환전 불가능한 시간!"

"헉!"

좌절이었다. 달러 한 푼이 없어서 해외주식을 못 하다니 무슨 이 날벼락이란 말인가? 그때였다. 문득 성준이 떠올랐다. 성준이라면 한국 돈 200만 원 1400달러를 환전해 줄 재력이 있다고 생각했다. 하지만 나는 성준에게 전화하지 못하고 나스닥 불기둥을 지켜보며 밤을 보냈다. 자본주의 세상은 기브 앤드 테이크로 돌아간다. 내가 그에게 테이크 하면, 기브 해야 할 순간이 온다. 그가 원하는 내 기브는 청약통장이나 위장결혼일 것이므로, 나는 절대 테이크부터 하지 않기로 했다.

*

여느 때처럼 '강남원주민부동산'에 출근했을 때 먼저 와 있던 성준이 나를 보고 벌떡 일어났다. 지혜가 성준에게 아메리카노를 가져다주고 있었다.

'어쩐 일로 빈손으로 왔지?'

성준은 한 번도 부동산에 빈손으로 온 적이 없었다. 커피, 샌드위치 등 최근 성준은 항상 넉넉한 인심을 보여주곤 했다. 그런데 기브가 없다는 깃은 데이그할 것이 없다는 것인가? 결국 나를 포기한 것인가? 나는 편하게 성준을 대할 수 있겠다는 생각에 환하게 웃으면서 인사했다.

"오셨어요!"

"안녕하세요."

성준은 고개 숙여 인사했다.

"부탁하신 일이요. 그렇지 않아도, 등기부등본 떼어봤는데 대출이 많던데요."

"없습니다. 대출."

"근저당 설정이 되어 있던데요."

"오늘 전액 갚았어요!"

나는 의아했다. 빚을 갚았는데 왜 근저당권이 있을까?

공인중개사는 중개하는 물건의 정확한 상태를 파악하고 있어야 한다. 매수자에게 잘못된 정보를 흘리면 허위중개로 고발당한다.

"근저당권 설정은요?"

"이삼일 내에 지워지겠죠!"

"네~."

"주식 좀 정리했습니다."

성준은 묻지도 않았는데 열심히 돈의 출처를 설명했다.

"냅킨 주식?"

"그런 주식도 있어요?"

순간 나는 너무 흥분한 나머지 실언을 했다. 그 냅킨은 종목이 적힌 냅킨을 의미하는 것이었다. 나는 상황을 수습해야 했다.

"웃자고 드린 말씀입니다."

급히 상황을 정리했다.

그리고 바로 손님 한 분이 들어왔다.

"저기요."

나는 웃고 성준은 답답한 표정이었다.

뜻밖의 종잣돈

 보통 아파트 매물을 내놓을 때 나이 드신 분은 직접 오고, 젊은 분은 꼭 전화한다. 나이 드신 분들은 집이 팔릴 때까지 매일 오시는 분이 많고, 젊은 분들은 집 보여줄 시간을 정해 주고 언제까지 팔아달라 기한을 준다. 그런데 부동산에서 나이 드신 분이나 젊은 분이나 똑같이 행동하는 것이 있다. 무조건 최고가에 팔아달라고 압박하는 것이다. 대한민국에서 강남아파트란 최고가에 팔아야 손해를 덜 보는 그런 물건이다.

"집 내놓으려고요."

"몇 동이신데요?"

"118동이요. 1801호."

"원하시는 이사 날짜는요."

"매매니까 좀 걸리겠지? 3개월에서 4개월 사이, 그사이에 팔리면 우리가 맞출게요."

60대로 보이는 사모님은 버릇처럼 고개를 끄덕였다. 지혜가 동호수를 받아 적는 동안 계속 머리를 끄덕이며 음음 소리를 내었다. 그런데 그분이 내게 낯이 익었다. 나는 '우리 어디서 뵈었나요?'라고 물어보려다가 내 말에 내가 브레이크를 걸었다. 한강자이를 보유하신 사모님이라면 당연히 알아봐 드려야 하는 것이기에, 원래 친한 사람처럼 환하게 웃으며 접수 과정을 지켜보았다.

"감사합니다. 사모님. 좋은 가격에 팔아드릴게요."

동시에 더 낯익은 남자가 들어왔다. 그 여자와 그 남자, 내 기억의 퍼즐이 순간 맞춰졌다. 그 둘은 10년 전 내가 살던 전세사기 피해 건물의 여주인과 나의 옆집 아저씨였다.

"어떻게 여기에?"

이 상황에서 나는 그 사람들의 정체를 안다고 말할 수 없었다. 우선 그 301호 아저씨가 나를 못 알아보도록 최대한 고개를 숙이고, 미영에게 손님을 인계했다.

　부동산에서 나는 황급히 등기부등본을 떼어 보고 있었다. 미닝과 지혜는 니에게 와서 걱정스럽다는 표정으로 지켜보았다. 드디어 등기부등본이 나왔는데, 소유자는 301호 아저씨, 근저당도 하나 없는 깨끗한 부동산이었다. 날짜를 보니 전세사기를 당하기 이전이었다. 이미 301호 아저씨와 집주인은 전세금을 빼돌려 강남아파트를 마련하고는 결혼했던 모양이었다. 301호 아저씨는 전세사기 피해자가 아닌 공범이었다. 나는 눈물이 쏟아졌다. 왜 그렇게 눈물이 나는지 정말 걷잡을 수가 없었다. 그런 나를 걱정스럽게 바라보고 있는 사람은 성준이었다.

　*

　성준과 나는 아지트에 앉아 있었다. 성준은 별다방 아이스 아메리카노를 사서 내게 주었다. 나는 단숨에 마셨다.
　"실장님 같은 분이 전세사기를 당했을 줄 몰랐어요."
　"우리나라에서 전세사기는 흔한 일이죠. 예방할 장치가 없거든요. 요즘은 전세계약 전에 주택도시보증공사에서 주인이 보증금 반환을 못 했던 이력이 있는지 확인 가능하대요."

"그래요?"

"진작 좀 해주지. 아무튼, 그 아저씨, 저를 못 알아보시더라고요. 물론 헤어도 바뀌고 화장도 바뀌어서 그랬겠지만, 몰라서 다행이에요."

성준은 나를 가만히 보다가 말했다.

"그래서 어떻게 하고 싶으세요?"

"……."

"제가 도와드릴게요."

"어떻게요?"

"사기로 고소하죠, 뭐."

"10년이 지났어요. 공소시효가 지났어요!"

"네!"

"그래서 나타난 거예요. 그 사람들이요!"

*

성준은 아지트에 있는 고급 필기도구를 꺼내서 내게 말했다.

"그 아파트 제가 살게요."

"네에?"

"그리고 복수할게요. 하자가 있는 아파트를 속여 팔았다, 내부에서 썩은 내가 난다 등등 집 팔고 나간 사람들 괴롭히는 거 쉬워요."

"해본 사람처럼 말하네요."

"당해 봤죠."

"그래요?"

공소시효도 지났고, 진짜 나라의 시스템이 얼마나 엉망이면 피해자는 여전히 가난하고 가해자는 여전히 집주인으로 살고 있나 그 말이다. 그들이 강남아파트 집주인이라는 것이 말도 안 된다고 생각했다.

"술 사드릴까요?"

"아니요! 오늘 같은 날은 그냥 맨정신으로 버텨보려고요. 내가 얼마나 바보 같으면 매번 당하나, 반성하면서요."

성준은 나를 애잔하게 바라보았다.

"바보 아니에요, 실장님은."

"바보예요."

"성실하고 정직한 거예요."

나는 눈물이 쏟아졌다.

*

나는 내 침대에서 천장을 보고 누워 있었다.

'계약하시고, 중도금, 잔금을 최대한 늦춰보세요. 제가 아는 변호사 통해서 최소한 손해 본 건 받을 수 있게 해볼게요.'

'최소한의 손해! 그 인간들은 남의 피 같은 돈으로 얼마를 벌었는데! 나만 원금 변제라니!'

허탈했다. 공소시효가 지나 법망을 완전히 벗어날 때까지 숨어 있던 범인들은 강남 최고 아파트에서 호의호식하며 살았다. 그들의 10년이라는 거주기간 동안 아파트 가격은 3배 폭등했다. 19억을 주고 산 아파트가 57억이 되었다.

"30억 로또네, 로또!"

나는 웃는 게 웃는 게 아니었다. 자본주의에서 억울하면 성공하라는 말은 나쁜 말이다. 수단과 방법을 가리지 않고 성공을 위해 달리려면 수단과 방법이 있어야 하는데 나에게는 없다. 부동산으로 돈을 벌기 위해서는 목돈이 있어야 하고, 청약통장이 있어도 가산점이 있어야 하는데, 나는 가진 게 없다. 가진 게 없어서 억울하기만 하고 성공할 방법이 없는 사람에게, 억울하면 성공하라는 말은 결국 악담이다. 시스템적인 모순과 부조리를 모두 개인의 탓으로 돌리고, 모든 개인이 수단과 방법을 가지고 있지 않다는 사실을 무시하고 생각 없이 던지는 막말이다.

*

"저 결심했습니다."
―네?
"저 도와주세요."
―네, 알겠습니다. 변호사와 시간 잡겠습니다.
"시간 언제나 제가 맞출 수 있어요. 감사합니다."
전화를 끊었을 때 자정이 넘어 12시 30분을 가리키고 있었다. 내가 정말 멘털이 나가긴 했나 보다.

*

변호사 사무실에 성준과 내가 앉았다.
"제 친구고요, 로스쿨 졸업하고 바로 개업했어요."
"안녕하세요!"
"안녕하세요!"
성준의 친구는 나를 보고 성준을 보더니 말을 이어갔다.

"공소시효가 지난 시점에서는 사기로 고소해서 기소되어도 법원에서 면소 처리가 됩니다."

"면소요?"

"네, 불기소된다는 말이에요."

"아~ 그럼, 다 끝난 거네요."

"다 알아보고 이제야 움직였을 겁니다."

"정말 나쁜 사람들이네."

성준이 말했다.

"그럼 아무런 방법이 없나 봐요."

"민사적으로는 그런데, 개인적으로 압박하는 방법이 있어요."

"개인적으로요?"

"네! 이건 뭐 제가 변호사로서 알려드릴 내용이라기보다는 그냥 사람 대 사람으로 알려드리는 건데요. 그분들 돈이 생기는 시점을 강혜라 씨가 알고 있으니, 그 시점에서 피해자였던 정체를 드러내고 손해를 배상하라고 압박하는 겁니다."

"그러면요?"

"내줄 수도 있죠!"

"정말요?"

"지금 수십 명의 전세금을 가로챘을 텐데, 한 사람의

전세금만 토해 내면 될 일이잖아요. 가능성이 있다고 생각되는데요."

"아~ 생각만 해도 심장이 떨려요!"

"서랑 윤변이 나시 볼게요."

"네?"

"대신 한 가지 조건이 있습니다."

*

나는 미영을 보내서 그 열심히 집을 열심히 중개했다. 미영의 말에 따르면 집 안에 금으로 된 거북이 등이 화려하게 장식되어 있고, 둘의 결혼사진도 있다고 했다. 사실 미영은 나와의 관계를 모른다. 그냥 과거에 부모님과 인연이 있었는데 연락이 끊어졌던 사람과 닮았고, 그날 울었던 것은 돌아가신 부모님 생각이 나서라고만 둘러댔다.

*

드디어 아파트 매수자가 나타났고, 내일이면 계약금, 중도금, 잔금의 날짜가 박힌 계약서가 완성된다. 나는 그 전에 성준에게 확답을 받아야 했다.

그래서 성준을 만나기로 하고 아지트로 향했다.

"저 안 하는 겁니다."

"뭘요?"

"위장결혼이요! 제게 선택의 여지가 없는 좋은 제안이라는 거 알아요. 그런데 제가 당첨되면 오히려 불안해서 마음 편하게 살기는 힘들 것 같아요. 저도 돈 벌어서 보란듯이 성공하고 싶은 마음이 있죠. 하지만, 범법행위까지 해가면서 돈 벌고 싶지는 않습니다."

"저 그 말 다 외우겠어요. 정말 충분히 이해했어요."

성준은 나를 보며 웃으면서 말했다.

"감사합니다."

"참 순수한 분이네요, 실장님은."

"좋게 봐주셔서, 감사합니다."

"실장님, 마음 편히 계세요. 전세사기범은 저와 변호사가 만나겠습니다. 계약금 입금 직후 알려주세요."

"알겠습니다. 그런데 저도 같이 가요!"

"네?"

"저도 같이 가겠습니다."

나는 묵례를 하고 그 자리를 빠져나왔다. 성준은 내 뒷모습을 애잔하게 바라보고 있었다. 그의 눈빛이 유리창에 비쳤고, 그걸 보는데 어떤 감정이 내 가슴속으로 파고들었다는 것을 나중에 알았다.

*

전세사기범들의 매매계약은 원만히 처리되었다. 그리고 오늘이 그날이다. 우리가 그 부부를 만나는 바로 그날 말이다. 나는 성준을 기다리고 있었다.

명품으로 온몸을 도배하고 금목걸이랑 피어싱까지 한 성준과 변호사가 우리 부동산으로 들어왔다.

"가시죠!"

나는 낯선 성준의 모습을 보고는 더럭 겁이 났다. 내가 알고 있던 사람이 맞나? 하지만 지금은 성준에게 의지할 수밖에 없다. 성준이 가자는 대로 벌떡 일어나 밖으로 나왔다. 미영과 지혜도 낯선 성준을 보고 당황한 모습이었다.

*

성준에게 물었다.

"뭐라고 하실 건데요?"

"나는 너희들이 과거에 한 일을 알고 있다. 내 입 막으려면 너희들 가진 돈부터 내놔. 딱 그 맥락입니다."

"깡패 같은데요."
"콘셉트는 그거죠."
"제가 조심해야 할 건요."
"그냥 제가 이끄는 대로만 따라와 주세요."
"알겠어요."

*

호텔 안 프라이빗 룸 문이 열렸다.
성준이 내 손을 들어서 자기 팔에 끼우며 말했다.
"자기 들어가자!"
"네?"
나는 얼떨결에 성준에게 이끌려 들어갔다. 내 심장은 정신없이 뛰었다. 룸 안에는 전세사기범들이 앉아 있었다.

*

나는 성준이 의자를 빼준 자리에 자연스럽게 앉았고, 성준도 내 옆자리에 앉았다. 그렇게 나와 성준이 앉아만 있는데도 그 전세 사기범들은 벌벌 떨었다. 그 이전에 변호사가 설명은 다 한 듯했다. 정말 말 하나는 끝내주게 잘

해야 먹고사는 직업이 변호사인 모양이다. 말 몇 마디에 그 사람들을 그렇게 얼어붙게 하다니, 감탄할 지경이었다.

제안의 요지는 "피해 보상해라! 아니면 공효 시효고 뭐고 고소하겠다. 다른 사람에게도 연락히겠다!"였다. 우리는 협박 아닌 협박을 그들에게 날린 것이었다.

그리고 다음 날 2억이 내 통장으로 들어왔다.

얼떨결에 성준의 도움을 받아 10년 만에 전세사기범들에게 보증금을 돌려받을 수 있었다. 정말 꿈만 같았다. 나는 건달 날라리 강남 부자로 위장한 성준의 옆에 그냥 앉아 있었을 뿐이었다. 당시엔 내 옆에 아무도 없었고, 이번엔 성준이 있다는 것만 달랐다.

그 사람들은 10년 전과는 달리 나를 두려워했다. 성준이 나에게는 귀인인가? 나는 후견인이 생긴 것 같고 든든했다.

*

나는 성준에게 호텔 스카이라운지에서 스테이크를 사기로 했다.

"제가 사는 거니까 맛있게 드세요."

"그럴게요."

"돈이 생겼으니까, 수수료는 따로 드리겠습니다."
"수수료는 필요 없어요."
"그래도요."
성준은 잠시 내 눈치를 살피더니 말을 꺼냈다.
"제 부탁 하나만 들어주세요."
"어떤 부탁일까요?"
나는 순간 당황했다. 성준이 원하는 것이 무엇인지 말을 안 해도 알 것 같았다.
"그 전세사기꾼 부부도 우리를 연인으로 알고 있습니다."
"그렇죠."
"이 김에 청약만 같이 해보시죠!"
"청약?"
"이제 우리가 연인인 것은 이제 변호사도 알고, 전세사기범도 아는 공공연한 사실입니다."
"변호사 친구분까지요?"
"변호사 친구한테 우리 사귀는 사이라고 말해 뒀어요. 그래야 제 행동에 정당성이 생기고, 나중 일은 모르는 거니까, 증인도 확보하고요!"
"변호사는 법을 수호하는 사람 아닌가요?"
"법을 수호하는 사람은 검사나 판사고요, 변호사는 법을 창의적으로 해석해서 돈 버는 사람이죠."

"그런가요?"

"그럼요! 증인도 생겼으니 한번 해보시죠. 당첨될 확률도 점점 낮아지니, 이후는 걱정 마시구요!

"당첨 확률이 왜 낮아지죠? 영주도 청약 한다던데요."

"그러니까 낮아지죠. 청약 경쟁률이 올라가면 당첨 확률은 낮아지고, 이제 청약해도 떨어질 게 뻔하니까, 그냥 눈 딱 감고 한 번만 같이 청약만 넣어보자는 거죠."

나는 이 순간 성준에게 뭐라도 해주고 싶었다. 그래서 더 생각하지 않고 말했다.

"그러시죠!"

"네?"

"해 보시자구요!"

*

아지트로 돌아온 성준은 환하게 웃으며 혜라를 떠올리고 있었다. 성준은 처음엔 혜라가 아파트에 대한 열망만 큰 사람이라고 생각했었다. 그래서 혜라의 물질적인 욕망을 부추겨 인연을 만들어 볼 생각이었다. 게다가 혜라 친구 영주의 결혼은 혜라를 자극 할 하늘이 주신 기회라고 생각했다. 돈으로 사람을 유혹하는 것이 좀 속물 같아 보일지도 모르지만, 서로 감정을 쌓아가지 못한 현재로서는 물욕(物慾)을 활용하는 것이 혜라와 인연을 맺을 최선의 방책이었다. 하지만 혜라는 성준이 생각하는 것보다 더 정의롭고 순수한 사람이었다. 성준이 지금 미소 짓는 이유는 그 때문이었다.

성준이 전세사기 피해 금액을 변제받기 위해서 혜라 대신 나서기 위해 잠시나마 연인 행세를 하게 된 것도 운이 좋았다. 심장이 떨려서 아무 말도 못 하겠다는 혜라 대신 성준이 남자 친구의 역할을 하게 된 것은 신의 한 수였다. 임시 남자 친구가 된 김에 예비부부로 청약하자는 제안은 매우 자연스러웠다.

이제 성준은 간절히 바랐다.

"제발 당첨이 되기를…. 우리가 인연이라면!"

패닉바잉과 반반결혼

경찰서의 아침은 분주했다. 모니터 앞에 앉아 있는 정국과 영빈은 각자 다른 화면을 응시하고 있었다. 영빈은 건강보험 수사 의뢰 결과를 살펴보고, 정국은 부동산 시세 정보 검색을 하고 있었다.

정국이 영빈에게 다가와 물었다.

"캐봤어?"

영빈이 고개를 들어 물었다.

"네! 주민등록은 서울에 되어 있는데, 병원은 줄곧 대구에서 다니셨네요."

영빈이 조회된 건강보험 기록을 보며 대답했다.

정국은 눈썹을 찌푸리며 생각에 잠겼다.

"대구에서 서울로는 병원을 다녀도… 서울에서 대구로 병원 다니지는 않지 않나?"

그의 표정에 확신이 담겨 있었다.

"그렇죠! 대구에 사시는 거죠."

영빈이 고개를 끄덕였다.

"스마트폰 위치 추적해 봐."

"네~ 알겠습니다."

영빈은 수긍하며 일어섰다.

영빈은 정국의 모니터를 힐끗 보았다. 멀리서도 선명하게 애크로펜타스 홈페이지가 떠 있었다.

"팀장님 입주 준비하시는 거예요?"

영빈이 눈을 반짝이며 물었다.

정국은 영빈을 노려보았다.

"신경 꺼라!

그 말에 영빈은 더 호기심에 불타올랐다.

"그새 더 올랐죠! 강남은 패닉바잉[7]이라던데~."

정국은 영빈을 한 번 바라보더니 대답했다.

---

7 아파트 가격이 갑자기 폭등하여 사람들이 지금 아니면 아파트를 못 살 것 같다는 공포감에 휩싸인다. 그래서 대출까지 총동원해 아파트를 사는 현상을 말한다. 패닉바잉이 발생하면 매도자 우위의 시장이 형성되어 시장에서는 매매 물건이 사라지고, 매수자는 대기하면서 아파트 호가가 계속 오르게 되어 아파트 가격이 단기간에 폭등한다.

"오르면 뭐 해. 팔 것도 아닌데, 보유세만 폭탄 맞지."

정국이 최대한 무심하게 대꾸했다.

"와, 보유세 폭탄~ 맞고 싶다. 진짜~."

"맞아본 사람은 팔고 싶다."

"맞아보고 싶습니다."

영빈은 부러움이 가득한 목소리로 말했다.

"뭔 소리냐?"

"실제로 팔지 않으시겠죠. 팔고 나면 더 오를 테니까요. 그래서 안 팔고, 결국 수급 불균형 때문에 일반인이 똘똘한 한 채 사기는 어려워집니다. 진짜 돌아버리겠네!"

"너 돌아이야?"

"똘똘한 한 채 얘깁니다!"

영빈은 진지하게 덧붙였다.

"수요자는 많고 공급은 적은, 수급불균형! 패닉바잉의 원인을 말씀드리는 겁니다."

"너무 아는 것이 많아서 부담스럽다."

정국이 영빈을 바라보며 말했다. 영빈은 정국의 말이 비아냥거림인지 칭찬인지 관심 없었다.

"아는 것이 많아야 꿈을 이루죠!"

영빈은 두 손을 모으고 상상의 나래를 펴는 것 같았다.

"제 꿈이, 강남아파트 갖고 종부세 내보는 거거든요."

영빈이 정국에게 말했다.

"꿈이? 아파트 종부세?"

"쥐뿔도 없는 놈이, 꿈만 크죠?"

정국이 정말 공감 안 된다는 듯 물었다.

"꿈이 어떻게 아파트가 될 수 있지?"

순간 정국은 스스로 놀랐다.

영빈은 쑥스럽게 웃으며 말했다.

"이미 이루셔서 모르시겠죠?"

"아니 내 말은 그 말이 아니라, 꿈은 보통 가수, 화가, 과학자 뭐 그런 거 아니야? 아파트가 어떻게 꿈이 될 수 있냐는 거야."

"자본주의니까요!"

"자본주의? 사회주의가 아니라?"

영빈은 정국의 부르주아적 사고방식이 부러울 뿐이었다.

"아, 사회주의에는 사유재산이 없어서 사유재산인 아파트가 꿈일 수 있다? 북한의 경우로 대입해서 상상하실 수밖에 없는 거 이해합니다."

"뭔 소리냐? 북한?"

"사회주의죠. 사유재산이 없는…."

"아!"

영빈이 말을 이어갔다.

"팀장님은 꿈꾸지 않았는데 아파트를 가지고 계시니 아파트가 왜 꿈인지 알 수는 없겠네요. 제가 볼 때는 마리 앙투아네트 같은 사고방식입니다."

"미리 앙투아네트?"

정국은 영빈이 줄곧 자신을 놀리는 것인지 추앙하는 것인지 잘 파악이 되지 않았다. 영빈은 알아듣게 부연 설명했다.

"세상 물정 모른다는 거죠. 저는 경찰의 꿈은 이뤘으니, 아파트의 꿈을 꿔보겠습니다. 좋은 기운 받게 종부세 고지서 받으시면 저 한번 보여주세요. 기운만 받겠습니다."

정국이 이제야 영빈의 말이 이해가 갔다.

"상사 놀리면 재밌지?"

"네! 재밌습니다."

"일하자."

"네!"

정국은 영빈에게 명령조로 말했다.

"조합원 사칭 사기 거래 특별 주의 단속 기간이라고 부동산에 통보해."

"네! 알겠습니다."

"특별청약 당첨자 명단 뜨면 하나씩 다 뒤진다!"

정국의 목소리에는 결연함이 묻어났다. 영빈은 빠르게

분위기 파악을 했다. 그리고 거수경례하듯 손을 들어 올리며 대답했다.

"네! 알겠습니다."

정국은 영빈의 눈을 똑바로 응시하며 말했다.

"수사는 정확히 할 거다. 무관용 알지?"

"네. 무관용 무자비, 파이팅!"

영빈이 각오를 다지듯 각 잡고 대답했다.

*

강남원주민부동산의 아침도 밝았다. 나와 함께 일하는 직원 미영은 일찌감치 출근해 있었고, 지혜가 들어오면서 말했다.

"큰일이네요."

"뭐가?"

좀처럼 말을 먼저 꺼내지 않는 지혜의 입에서 큰일이라는 말이 튀어나왔다면, 진짜 큰 일이 있는 것이다.

"무슨 일 있어?"

나는 물었다.

"116동 1203호요. 오늘 계약서 쓰시기로 했었잖아요!"

"안 쓴대?"

"네!"

"그럴 줄 알았어! 가 계약금 안 받는다고 할 때부터 조짐이 있었어!"

"패닉바잉, 노 시작됐이요!"

"또 퍼졌네! 불치병!"

미영이 말했다.

다른 지역도 패닉바잉 시작되면 호가가 단기에 10% 이상 오른다. 영포 지역은 더 심하다. 국평은 6억, 대형은 10억 이상 단기에 호가가 뛰니까 15% 이상 뛰는 것 같다.

"당분간 매도자, 매수자 눈치 보느라 계약서 쓰긴 어려울 것 같아요. 매도자는 안 판다고 맘 바꿀 거고, 매수자들은 패닉바잉 하거나 포기하거나 둘 중 하나니까요."

"그러네. 강남아파트 가진 게 권력이네."

"왜 그래?"

미영이 지혜에게 물었다.

"사실~"

하지만 미영의 옆에서 폰을 보며 문자를 하던 지혜가 울상을 짓고 있었다.

"큰일 났네요. 113동 한강뷰 찍고 매수 문의하셨던 분이 계시는데, 제가 싼 물건 찾아드릴 테니 좀 기다리라고 했었거든요. 호가 폭등 중이라 어쩌면 좋을까요?"

"사라 마라, 그런 말은 투자 유튜버나 하는 말이야. 우리는 부동산 중개인이지 투자 대리인이 아니잖아."

"저 어떡하죠?"

"우리 부동산에만 전화한 건 아닐 거야. 미리 걱정할 건 없어!"

"그럴까요?"

지혜는 얼굴이 거의 사색이 되어 있었지만, 내 말에 안도하는 듯했다.

미영도 말했다.

"여기저기 다 전화했을 거야."

"제가 여러 부동산에 전화하면, 매수자가 많은 줄 알고 매도자가 호가 올린다고 전화하지 말라고 했었어요."

"네가 시킨 대로 하진 않았을 확률이 높아. 그냥 전화 상담이었잖아."

"오셨었어요. 방문~."

"방문도?"

"원주민 되고 싶어서 우리 부동산 찾아오신 그분이요!"

"그분이었어? 그 험상궂게 생긴."

*

그때였다. 30대로 보이는 젊은 남자가 거칠게 부동산 문을 열고 들어왔다. 순간, 지혜가 사색이 되어 자리에서 일어났다.

"야!"

남자는 성난 목소리였다.

남자는 지혜에게 달려가 다짜고짜 뺨을 갈겼다.

"쌍년아!"

정말 순식간에 일어난 일이었다.

"다른 부동산에 전화하지 말라며. 싼 물건 찾아준다고 기다리라며!"

남자는 소리를 고래고래 지르며 말했다.

"손님, 지금 뭐 하시는 거예요? 경찰 부르겠습니다!"

"불러, 불러, 사기로 너희 싹 다 고소할 거니까!"

"미영아 경찰 불러."

미영은 덜덜 떨며 112에 전화를 거는데, 남자는 미영의 스마트폰을 잡아 내던졌다.

"진짜 불러? 이 년 때문에 내가 본 손해가 얼만 줄 알아?"

남자는 미영에게 소리쳤다. 남자는 다시 지혜를 마구잡이로 때리기 시작했고, 지혜는 맞으면서도 남자에게 죄송하다고 말하고 있었다.

"야~~!"

나는 소리를 지르며 지혜를 때리는 남자의 허리를 잡고 떼어내려고 했지만, 남자는 나를 확 밀쳐냈다. 나는 화분 쪽으로 넘어졌고, 화분이 넘어져 깨지며 손에 피가 흘렀다. 지혜가 나를 보고 큰 소리로 울기 시작했다.

그때였다. 부동산의 문이 활짝 열렸다. 그리고 성준이 뛰어 들어왔다. 성준은 나를 보더니 난동 부리던 그 남자를 순식간에 제압하고 바닥에 꿇렸다.

"괜찮아요?"

성준은 나를 보았고, 나는 대답할 새도 없이 지혜에게 달려갔다. 지혜의 입에서는 피가 흐르고 있었고 머리는 엉망으로 헝클어져 있었다. 나는 벌벌 떨고 있는 지혜를 안았다. 내 손이 아픈지 피가 흐르는지도 모르고 나는 지혜를 꽉 끌어안고 토닥였다. 내 눈에서 뜨거운 눈물이 쉬지 않고 흘러내렸다.

"괜찮아! 괜찮아!"

내 목소리에 지혜는 더 큰 소리로 울었다. 나는 다행이라고 생각했다. 그 울음은 살아보려는 울음이다. 분노와 화를 밖으로 밀어내려는 생존의 울음소리가 부동산에 가득했다. 그 순간 나는 생각했다.

"집값이나 사람이나, 미쳐 돌아가는구나!"

*

119 구조대와 112 경찰차가 동시에 도착했고, 우리 '강남원주민부동산'은 그야말로 아수라장이 되었다. 우리 원주민 사장님은 유럽 크루즈여행 중이었고, 오히려 목격자이자 범인 진압자 성준이 현장을 진두지휘하고 있었다.

지혜를 데리고 미영은 119구급차를 탔고, 나는 경찰에게 상황을 설명했다. 경찰은 CCTV를 체크하고 현장 사진을 찍었다. 우리 부동산 앞은 구경하는 사람들로 가득했다. 그 사이 성준이 현장에서 잠시 사라졌다가 돌아왔.

땀으로 젖은 그의 손에는 약국 비닐봉지가 들려 있었다. 성준은 그 아수라장 속에서 내 상처에 소독약을 바르더니 큰 드레싱 밴드를 붙여주었다.

나는 아무 말 없이 성준을 바라보았다. 오늘 이 남자가 내 인생에 정식으로 입장한 그런 기분이었다.

경찰이 나를 불렀다.

"서로 이동하시죠!"

"네!"

성준은 나를 일으켰고, 나는 그의 손에 의지하여 한 걸음 한 걸음 발을 내딛고 있었다.

*

경찰서에서 나는 폭행과 기물 파손 경위에 대해 설명했다. 성준이 나섰다.

"정황은 CCTV에 있구요, 그보다 무단 사업장 침입, 기물 파손, 영업 방해로 신변 보호 요청하고 싶습니다."

"네, 우선 여기 사인하시고요. 신변 보호 요청하시면 검토하겠습니다."

"여자분들만 일하시는 사업장이에요. 신변 보고 꼭 부탁드리겠습니다."

"신청하시면 서에서 논의 후 결정하겠습니다."

나를 걱정하는 성준의 마음이 느껴졌다.

"저희는 대리인 선임해서 고소 진행하겠습니다."

"변호사 선임이요?"

나는 성준의 말에 놀라서 물었다.

"네! 변호사가 알아서 해줄 겁니다. 직접 만날 일도 자시는 없게 하고 싶어서요. 비용 걱정은 마세요!"

"그래도요, 비용 발생하면 알려주세요. 감사합니다."

나는 성준이 너무 든든했다.

나는 성준과 함께 경찰서를 나왔다.

"공인중개사도 3D 직종이네요! 와서 행패를 부리지 않나! 사람을 치질 않나!"

"자주 있어요!"

"네?"

그는 나를 애잔하게 보았지만, 나는 그저 웃었다. 부동산 폭등기에 사실 흔히 있는 일이다. 오늘은 좀 그 정도가 심하지만 말이다.

"잘되면 본인 덕, 안되면 우리 탓, 그거죠 뭐."

"제가 하는 일도 생각해 보니 그러네요…."

"IT 쪽도 그래요?"

"고객들은 다 비슷하네요~."

*

서비스 직종별로 특유의 진상 고객이 있다. 부동산은 전문 사업가가 아니라면 인생에서 자주 사고파는 물건이 아니다. 평생 한 집에서 이사 없이 살다가 수십 년 만에 한 번 부동산을 거래하는 사람도 있어 대부분 경험이 적다.

강남아파트는 큰돈이 오가는 문제고, 비슷한 컨디션의 물건들이 동시에 저마다 다른 가격으로 거래되며, 주택거래신고제도가 있어, 국토교통부 실거래가 공개시스템이나, 구청 홈페이지에서 실거래가를 온라인으로 확인할 수 있다. 아는 게 병이라고, 공개된 실거래가를 보고 부동산에 분풀이하는 고객들은 많다.

가장 많은 부류는 아파트를 팔았는데 그 사이 가격이 폭등해서, 자신만 너무 싸게 팔았다고 하소연하는 매도자다. 중개인이 제대로 가격을 못 받아줬네, 팔 마음이 없었는데 중개인이 부추겨서 어쩔 수 없이 팔았네, 나만 손해를 크게 봤네, 결과를 모두 공인중개사 탓으로 돌리는 것이다.

물론 반대로 비싸게 샀다며 부동산에 화풀이하는 매수자도 있다. '투자의 책임은 본인에게 있습니다'라는 말이 무색할 정도로 부동산에 와서 행패를 부리고 할 말 못 할 말 다 한다. 신세 한탄에 팔자 한탄, 결과적으로 약속한 중개 수수료를 조금만 내놓거나 아예 안 주는 경우도 흔하다. 부동산에서는 소액 심판 청구를 걸기도 하지만, 변호사를 써 봐도 배보다 배꼽이 더 큰 구조가 될 수 있다. 그래서 대부분은 당사자와 연락이 안 되면 내용증명을 보내거나, 편지를 써서 인간적으로 사정하고 조금이라도 수수료를 받는 선에서 마무리한다.

어떤 경우 공인중개사의 잘못이 인정될까? 중개인의 잘못으로 인정되는 경우는 중개 물건에 대해서 잘못된 정보를 가지고 허위 중개를 했을 때다. 중개인이 등기부등본을 제대로 확인 안 했거나 집의 파손 상태를 확인 못 하고 중개한 경우가 포함된다. 예를 들어, 전세로 가는 집에 근저당이 크게 설정되어 있는데 대출 없다고 매물을 올려 중개했다가 사실이 확인되면 전적으로 부동산의 잘못이다.

하지만 정상적으로 부동산 매매계약서를 작성하고 계약금을 받은 상태에서 계약 이행 여부와 책임은 매도자와 매수자의 몫이다.

*

나는 부동산에 근무하면서, 가격 절충이 끝나 계약서 쓸 날짜를 조율하는 단계에서 매도자가 연락을 끊는 경우를 흔히 봤다. 이 가격에 팔 것이냐 말 것이냐, 고민에 빠진 것이다. 특히 가장 흔한 경우 매도자가 다른 부동산에 전화해서 시세를 물어보는 경우 '제가 5천 더 받아드릴게요.' 말하며 우리 손님을 빼가기도 한다. 그러면 매도자는 나에게 문자를 보낸다.

―5천 더 받아줄 수 있어요? 그럼, 그냥 팔게요.

매도자는 자신이 소유한 35평 40억짜리 아파트의 매수자가 5천 정도 더 조달하는 것이 뭐가 문제냐고 생각한다. 하지만 그 5천이라는 변수로 계약이 깨지는 경우도 흔하다. 매수자는 사면서도 고민하고, 또 한 푼이라도 싸게 사고 싶은 심리가 있기 때문이다.

아파트값 상승이 가파른 시기에는 그 5천을 더 주고라도 매수해야 한다. 다음날은 호가가 1억이 오르기도 하기 때문이다. 하지만 아파트값이 떨어지는 시기는 언제나 있고, 불과 일주일 만에 수억 낮춰 거래되기도 한다. 2021년 말부터 2022년 초까지는 매매가의 20%가 단기간에 떨어지기도 했다. 물론 현재는 다시 올랐다. 아파트값 롤러코스터, 요즘은 뉴스와 유튜버들이 아파트값 롤러코스터에 단단히 한몫을 담당하는 것 같다.

이러한 이유로 정보에 빠른 청년들이 강남아파트를 매력적으로 느끼는 것 같기도 하다. 노동으로는 이룰 수 없는 극한의 부유함, 도파민 터지는 가격 상승에 당장 매도할 수 없으니 임장하면서 언젠가 입주하는 꿈을 키우는 것이다.

*

'이성준이 똑똑하네!'

테이블 위에는 신혼부부 특별공급 관련 프린트물이 놓여 있었다. 성준은 내가 걱정하지 않도록 성의껏 서류들을 준비해 온 모양이었다.

"한번 검토해 보시겠어요?"

"네?"

성준이 결혼계약서를 꺼냈다.

"변호사 자문받아서 쓴 겁니다. 반반결혼 계약서예요."

"변호사가, 그런 자문도 해 줘요?"

"친구니까요. 결혼을 앞둔 연인이라는 전제로요!"

"세상이 많이 변했네요."

"많이들 쓴대요!"

성준이 먼저 테이블에 있는 반반결혼 계약서에 서명하고는 말했다. 나는 서명하려다가 순간 머뭇거리며 말했다.

"당첨자는 모두 조사하겠죠?"

"그 걱정은 청약 당첨되고 하시죠. 다시 말씀드리지만, 위장결혼은 아직 적발된 사례가 없습니다!"

"네~"

성준은 자신감 있게 설명했다.

"그리고 다른 부정청약자들도 대부분 초범이고, 범행 동기가 악하지는 않으니까, 처벌은 미미해요. 다 확인했습니다. 만일 무슨 일 생기면 제가 다 책임지겠습니다."

나는 고개를 끄덕이다가 고개를 젓고, 다시 고개를 끄덕이다가 고개 젓기를 반복했다. 성준은 아무 말도 하지 않고 내 고민의 시간을 기다려주었다. 모든 상황과 조건이 나에게 선택의 여지를 남겨주지 않고 있었다. 나는 결국 떨리는 손으로 반반결혼 계약서에 서명했다.

"당첨돼도 따로 살고, 의무거주기간 3년 채우면 깔끔하게 갈라서는 거예요."

나는 성준을 바라보며 다시 못을 박듯 말했다.

"네. 걱정하지 마세요!"

성준은 어딘가 아쉬운 표정으로 대답했다.

*

영주는 고속버스터미널 앞을 천천히 걷고 있었다. 벽에 걸린 대형 모니터에서 뉴스가 흘러나오고 있었다. 그녀는 발걸음을 멈추고 화면을 주시했다.

"국토교통부 발표에 따르면 작년 아파트 부정청약 건수는 418건으로…."

아나운서의 목소리가 로비에 울려 퍼졌다. 뉴스는 계속해서 위장이혼, 가짜 노부모부양 등 날이 갈수록 진화하는 부정청약 수법들을 나열하고 있었다. 뉴스를 들으며 영주의 표정이 점점 어두워졌다.

그녀는 주머니에서 스마트폰을 꺼내 엄마에게 전화를 걸었다.

"엄마. 나 부탁이 있는데!"

영주의 목소리는 급박했다.

"우리 신혼부부 청약 자격이 안 된대. 엄마가 도와주는 방법밖에 없겠어. 3년 전에 우리 집으로 주소지 옮겼었잖아. 그거 노부모 부양으로 바꿔서 청약하려고."

영주는 절실했다. 눈앞에 다가온 강남아파트를 송두리째 날릴 수는 없었다.

"엄마, 혹시라도 국토교통부 같은 데서 전화 오면, 잠시 경북 영주에 있는 거라고 그렇게 말해 줘. 꼭, 부탁해!"

Cookie 5. 직계존속 위장전입 사례 _노부모 특공

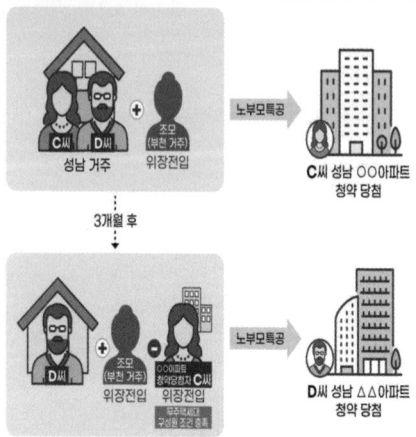

C씨와 D씨(C의 父)는 성남에서 거주하면서, 부천 사위 집에서 거주하는 조모를 본인 집으로 위장전입 시킨 후, 성남에서 공급하는 주택에 각각 노부모부양자 특별공급으로 청약하여 당첨됨

* 무주택세대 구성원 요건을 충족시키기 위해 먼저 당첨된 C씨를 옆단지로 위장전입 시키고, 3개월 후 D씨도 다른 아파트에 청약하여 당첨

(출처:국토교통부 보도자료)

Cookie 6. 직계존속 위장전입 사례 _가점제

B씨는 남편 및 세 자녀와 함께 용인에서 거주하면서, 서울 노원구에 거주하는 모친과 경기 동두천시에서 거주하는 시모를 본인 집으로 위장전입 시킨 후, 과천에서 공급하는 주택에 청약 가점제 일반공급으로 청약하여 당첨됨

* B씨 집(방4)에서 청약자 부부(방1), 중·고·대학생 3자녀(방3) 외에 모친·시모까지 거주하기는 곤란

(출처:국토교통부 보도자료)

Cookie 7. 위장전입 주소 허위 유지 사례

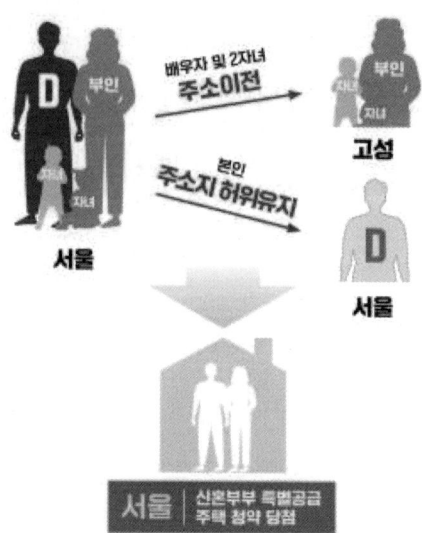

D씨는 부인 및 두 자녀(男 2세, 女 1세)와 함께 서울시에서 거주하다가, 부인과 두 자녀의 주소지만 고성군 아파트로 이전하고 본인의 주소지는 서울시로 유지한 채, 서울(강동)에서 공급하는 신혼부부 특별공급 주택에 청약하여 당첨됨

* D씨 사업장은 속초, 부인 사업장은 고성에 소재

(출처:국토교통부 보도자료)

Cookie 8. 위장전입 주소 허위 이전 사례들

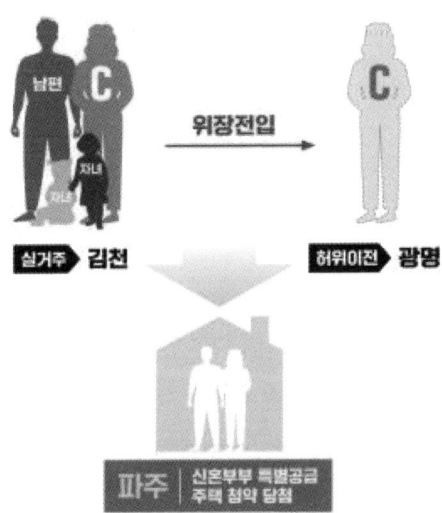

C씨는 남편 및 두 자녀(女 3세, 女 1세)와 함께 김천시에 거주하면서, 본인의 주소지만 광명시 단독주택으로 위장전입 한 후, 파주(운정신도시)에서 공급하는 신혼부부 특별공급 주택에 청약(경기지역 거주자 자격)하여 당첨됨

* C씨와 남편은 김천 지역 공공기관에서 근무 중

(출처:국토교통부 보도자료)

당첨을 축하합니다

오늘은 청약 당첨자 발표일이다.

나와 성준은 나란히 앉아서 있었다.

"당첨을 축하합니다."

문자를 받은 순간 나는 믿을 수 없어 아무 말도 나오지 않았다. 성준이 내 표정을 보고 당첨임을 눈치채고 내 스마트폰을 보면서 말했다.

"로또 되셨네요! 축하합니다."

"당첨 이런 거, 저 처음 돼 봐요!"

나는 감정에 복받쳐서 울음이 날 지경이었다. 당첨되면 혼인인고 할 걱정만 가득할 줄 알았는데, 너무 흥분되고 행복했다.

"진짜 처음이에요."

나는 이 순간만큼은 부정청약이니 위장결혼이니 하는 윤리적 문제는 완전히 잊고, 당첨이라는 단어에 기뻐하기로 했다. 성준이 다소 흥분한 목소리로 말했다.

"혜라 씨랑 있으면 뭔가 일이 잘 되는 것 같아요. 정말."

나는 그가 내 이름을 정확히 말하는 것을 들었다.

"혜라 씨요?"

내 목소리는 떨렸다.

"네! 혜라 씨요. 이제 혜라 씨라고 불러도 되죠? 우리 혼인신고 해야 하니까요."

"혼인신고?"

그 말을 듣는 순간, 현실을 직시했다. 이 상황을 자축하는 게 맞는 것인가? 혼란스러웠다. 혼인신고는 법적으로 부부 관계를 인정받는 중요한 절차다. 우리가 하는 혼인신고는 위장결혼에 대한 법적인 효력을 얻기 위한 것이다. 우리가 청약에 당첨되었으니 계약 조건을 충족해야 한다.

물론 자본주의로 보자면 이러한 결정은 옳다. 나는 방금 로또 청약에 당첨되어 5억을 확보했기 때문이다. 하지만 법치주의 국가에서 위장결혼이 절차상으로는 문제가 없다니, 앞으로 감당해야 할 많은 일들은 포함해서, 오늘

나는 꿈을 이뤘다는 사실을 마음 편히 즐겨도 되는지 스스로에게 물었다.

하지만 내 생각은 다시, 생각의 주인인 나에게 유리한 쪽으로 흘러갔다. 그간의 내 불행한 인생에 대한 보상 심리 같은 것이 작동하기 시작했다. 그간 내 삶에 행운이라고는 없었다. 심심풀이 복권 하나도 맞은 것이 없었다. 그냥 뺏기고 참고 뜯기는 그런 불운한 팔자라며 신세 한탄하면서 하루하루 버텨왔다.

그런데 갑자기 성준을 만나고 나의 삶에 행운이 찾아왔다. 전세금을 돌려받은 것도 그렇고, 당첨이 된 것도 그렇고, 나는 그냥 오늘은 기뻐하자는 생각이 앞섰다.

나는 성준에게 말했다.
"오늘은 일단 기뻐해도 되겠죠?"
"물론이죠!"
나와 성준은 서로를 바라보고 환하게 웃었다.

*

햇살이 따스하게 내리쬐는 날, 애크로펜타스 아파트가 조경공사를 마무리하고 웅장한 모습을 드러내고 있었다. 현대적인 디자인의 높은 건물들이 하늘을 향해 솟아 있고, 아파트 단지 주변으로는 잘 정돈된 조경이 단지의 품격을 더하고 있었다.

아파트 벽면에 반사된 햇빛이 주변까지 환하게 비추고 있었다. 이 평화로운 광경 속에서, 나는 단지 내 산책로를 따라 여유롭게 걷는 상상을 했다.

정말 평화로운 오후의 풍경이었다.

*

청약에 당첨되었으니, 변호사를 증인으로 혼인신고를 마치고 나는 성준과 아지트에 마주 앉았다.

우리는 다음 전략을 짜야 했다.

성준이 먼저 말을 꺼냈다.

"제가 생각을 해봤는데요, 우리가 같이 살아야 문제가 없을 것 같아요."

"저도 생각해 봤는데요. 사정상 따로 있다, 뭐 그렇게 둘러대야지. 절대 같이 살 수는 없어요! 전에 그 스마트폰 하나 더 개통해 주세요!"

성준은 잠시 머뭇거리더니 내 말에 동의했다.

"네, 혜라 씨 마음 편한 대로 하세요."

"그래서 말인데요, 제가 월에 200씩 드릴게요!"

"저한테요?"

성준이 나에게 의외라는 표정을 지었다.

"어차피 양도차익 실현하고, 의무거주기간 지나면 팔 건데. 그전까지는 제가 이 집에서 살아보고 싶어서요!"

나는 솔직히 말했다. 내 주제에 혼자서 한강뷰를 바라보면서 살 수 있는 3년이라는 시간의 가치를 생각하면 월 200은 아깝지 않았다. 게다가 성준의 전세 계약도 기간이 남아 있어서 내가 여기서 사는 게 자연스럽다고 생각했다.

"근데 월 200만 원이면, 너무 무리하시는 거 아닌가요?"

성준이 나를 걱정하듯 물었다.

"아니에요. 제 꿈을 이루는 건데요, 3년 동안 꿈꾸던 삶 산다고 생각하면 큰돈도 아닙니다. 5억 이자 계산해도 200이에요."

나는 솔직하게 말했다.

"뭐든, 혜라 씨 마음 편한 대로 하세요."

성준은 내가 편한 대로 해주겠다고 했다. 결국 나는 성준의 도움으로 되찾은 2억과 그간 열심히 모았던 2억을 더해서 계약금과 중도금을 냈다. 물론 잔금은 성준이 냈다. 성준이 전세를 빼거나, 상가를 팔아야 잔금을 치를 수 있는 줄 알았는데, 성준은 내가 생각했던 것보다 현금 자산이 많았다. 나의 소심한 성격으로는 할 수 없는 공격적인 코인 투자가 성공했던 모양이었다. 성준을 투자 파트너라고 보면 보유한 자금이 많은 든든한 파트너를 만난 셈이다. 이렇게 우리의 위장결혼은 시류상으로 안벼하게 마무리 되었다.

*

 햇살이 애크로펜타스 입주지원센터의 유리창을 통해 밝게 쏟아져 들어왔다. 청약 당첨자 입주 지원 창구는 새 집에 입주하는 사람들의 설레임으로 훈훈했다.
 그 가운데 내가 서 있었다. 꿈 같은 일이 일이었다.
 나와 성준은 몇 가지 입주 절차를 마치고, 나는 직원에게서 키를 건네받았다. 한때 내가 다니던 건설회사의 가운을 입고 있는 직원을 보니 그때의 나 자신과 지금의 내가 많이 달라 보였다. 나는 방 열쇠와 제법 두툼한 안내문이 든 입주 가이드북을 받아서 보물처럼 가슴에 품었다. 꽤 무게가 나갔지만, 가볍게만 느껴졌다.
 나는 입주 지원센터에서 나오며 어린아이처럼 제자리에서 뛰기 시작했다. 성준의 얼굴에도 환한 미소가 가득했다. 오랜 고민 끝에 찾아온 새출발의 순간이었다.

*

 맞은편에서는 정국이 조합원 입주 지원 창구로 향하고 있었다. 정국은 입주가 내키지 않는다는 어두운 표정이었다.

*

 정국은 창구로 다가갔다.
 "116동 1601호 부정국입니다."
 정국은 직원에게 신분증을 내밀며 사무적으로 말했다. 직원이 신원을 확인하는 동안, 정국은 주변을 둘러보았다. 다른 입주민들도 기대가 가득한 표정으로 각자의 순서를 기다리고 있었고, 모두 환하게 웃고 있었다.
 "뭐가 그렇게 좋아?"
 "네?"
 직원이 정국을 바라보았다.
 "아니요!"
 "모든 서류가 확인되었습니다."
 직원이 말했다. 그녀는 뒤에 있는 캐비닛에서 반짝이는 열쇠가 가득 달린 가이드북을 꺼내 정국에게 건넸다.
 "여기 1601호 열쇠랑 입주 가이드북입니다. 리모콘과

각종 보증서도 함께 있습니다."

그리고 정국에게 큰 쇼핑백을 하나 더 내밀었다. 정국은 그것들을 내키지 않는다는 표정으로 받아 들었다.

"감사합니다."

직원은 따뜻한 미소로 답했다.

"애크로펜타스 입주를 축하드립니다. 하자나 불편한 점이 있으시면 언제든 입주지원센터로 문의해 주세요."

"네."

정국은 고개를 끄덕이며 열쇠와 쇼핑백을 들고 돌아섰다. 정국은 새로운 삶이 시작된다기보다는 지우고 싶은 과거 속으로 걸어 들어가는 기분이었다.

입주지원센터를 나선 정국은 깊은 한숨을 내쉬더니 무거운 발걸음으로 116동을 향해 걷다가 다시 걸음을 돌려 경찰서 쪽으로 향했다.

금수저의 사고방식

경찰서장실, 한낮의 햇빛이 창문을 통해 들어오고 있었다. 정국이 서장실 문을 열고 들어서자, 서장이 즉시 미소를 띠며 말을 건넸다.

"어어, 금수저 왔어? 집 열쇠도 금이던가?"

서장이 농담을 던졌다.

"네~."

"금이야?"

정국의 얼굴에 불편한 기색이 역력했다.

"아닙니다. 놀리지 마십시오!"

"부러워서 그런다. 부러워서."

서장이 웃으며 말했다.

정국의 눈빛에는 불편함이 가득했다.

평당 1억이 넘는 아파트를 증여받은 사람을 태어나서 처음 본다는 듯이 서장은 정국을 바라보았다.

"죄송합니다."

정국이 고개를 숙였다.

"죄송할 것까지야!"

서장이 손을 휘저으며 말했다.

"그래서 말인데 부정청약 특별조사팀 승격됐어."

"네에?"

"정식팀으로!"

정국은 당황한 표정으로 정색했다.

서장은 의미심장한 미소를 지었다.

"우리 서엔 적임자가 있잖아. 내가 밀어붙였지!"

"저요?"

"당신이 적임자 아니겠어?"

서장은 환한 미소를 지었다.

"아니, 아파트 부정청약을 왜 갑자기 심하게 단속하는 데요. 그것도 정식으로 팀까지 만들어서."

"그게, 원래 건수가 별로 없었대. 그 사이에 아파트 가격이 너무 올랐잖아. 그래서 친부모에 시부모까지 주소 이전해서 부양가족 늘리고, 서울에 살지도 않으면서 위장전입하고, 뻔히 같이 사는데 위장이혼하고, 난리야 난리!"

"그러니까 국토부에서 사전에 자격 확실하게 확인하고 부정청약 예방하면 되는 거잖아요."

"못한다잖아."

"왜요?"

"시스템을 바꾸는 게 쉽나? 바꿔도 또 편법 연구하는 브로커가 있어요. 걔들이 법망을 미꾸라지처럼 뚫고 들어와. 그러니 경찰이 나서야지. 사회 정의 구현!"

정국은 사이버범죄수사대 출신으로 신종 사기 수사 방법을 개발했던 엘리트 경찰이었다. 정국은 사회 정의를 실현하기 위해 경찰이 되었지만, 자신이 부정청약 전수조사에 투입될 줄은 정말 꿈에도 몰랐다. 서장이 지휘봉으로 지역구 지도에 원을 그리며 말했다.

"여기만 120세대가 부정청약 의심 세대야. 하루에 두 집씩 조사해도 60일. 한 달에 20일 근무면 3개월이야."

"네!"

"입주하고 나서 쫓아내면 불편하잖아, 입주 하기 전에, 한 달 안에 끝내자고!"

"한 달이요?"

"자네가 입주민이니까 주야간 잠복수사, 다 가능하잖아. 수사 기간 단축해야지!"

정국의 표정이 굳어졌다.

"잠복을요? 저도 집에서 쉬고, 밤엔 잠도 자야죠."

서장이 너그러운 미소를 지었다.

"수당 풀로 넣어준다니까, 워라밸은 수사 끝나고 챙겨. 뭐 얼마 안 되지만, 세금 내는 데 보태든지!"

서장은 웃으며 정국의 반응을 즐기는 듯했다.

"서장님 꼭 이렇게까지 하셔야겠습니까?"

정국의 목소리에는 원망이 가득했다. 서장은 정국을 보고 미소 짓다가 다시 표정을 바꾸었다. 그리고 권위를 세우듯 근엄하게 말했다.

"부정국 경감, 이제 현장 가봐야지!"

"알겠습니다!"

정국은 묵례하고 서장실을 나섰다. 정국의 어깨는 새로운 임무에 눌려 한층 더 무거워 보였다.

*

정국은 짜증 난 얼굴로 애크로펜타스 정원으로 걸어왔다. 키가 크고 피부가 희어 누가 봐도 부잣집 도련님으로 보이는 정국이었지만, 그날따라 험상궂은 그의 표정은 속내가 편치 않다는 것을 말해 주고 있었다.

그때였다. 영빈이 큰 두루마리 휴지를 사 들고 정국에게 달려왔다.

"팀장님!"

정국이 영빈을 쳐다보자, 영빈은 두루마리 휴지를 들어 보였다.

"휴지는 왜 사 와."

"마음도 풀고, 수사도 술술 풀리라고요! 댁에 영역 표시도 하시구요!"

"영역 표시?"

영빈이 화장실에서 볼일 보는 시늉을 하는데, 정국은 기가 막혀 웃음이 나왔다. 정국은 영빈을 노려보며 말했다.

"놀리냐? 넌 뭐가 그렇게 매일 신나!"

"팀장님과 일하는 게 신납니다. 제가 강남 신축아파트 임장[8]을 공식적으로 해봅니다!"

"집 얘긴 내가 왜 했을까? 내가 내 발등을 찍었지."

정국이 후회스럽다는 듯 말했다.

"잘하신 겁니다!"

"잘했다고?"

정국과 영빈이 티키타카 하면서 걷는 사이 둘은 커뮤니

---

[8] 임장(臨場)은 '현장에 임한다(나오다)'는 뜻의 한자어이다. '발품을 팔다', 직접 '방문하다'의 의미이다.

티 앞에 도착했다.

"여기가 커뮤니티!"

영빈은 여기저기 사진부터 찍었다.

"커피 사줘?"

"제 커피는 제가 사겠습니다."

"키 있어야 먹지."

"아이, 진짜, 요즘 기부채납 모르세요?"

"기부 체납? 세금 체납 같은 건가?"

"아 진짜 모르시네요! 원주민 맞으세요? 체납 아니고 채납입니다. 용적률을 높이려고 하는 거잖아요."

"그건 알아. 동의했었어."

"용적률 높이는 조건으로 여기 카페랑 도서관같이 커뮤니티를 일반인도 이용할 수 있도록 기부채납 한 거예요."

"아, 그게 기부채납이구나."

정국은 머리를 긁적였다.

"저는 내돈내산[9] 하겠습니다."

"내돈내산? 그게 뭐야."

"제 돈 주고 사 먹겠다고요."

"맘대로 해라."

---

9 '내 돈 주고 내가 산 물건'을 줄여 부르는 신조어.

정국은 키를 대고 커피를 주문했고, 영빈은 그보다 2천 원을 더 내고 커피를 사면서도 마냥 즐거워 보였다.

"비싸게 사니까 좋아?"

"비싼데 사니까 좋으세요?"

정국은 영빈의 말발에 못 이기겠다고 고개를 저으며 영빈과 반대쪽으로 가려고 했다. 영빈이 정국에게 가까이 오더니 낮은 목소리로 말했다.

"저는 한강공원까지 순찰하고 서로 복귀하겠습니다."

"한강공원에 부정청약자가 있어? 아파트 안에 있지!"

정국이 영빈에게 딴지를 걸었다.

"팀장님, 숨 막히게 왜 그러세요. 꼰대 같아요. 부정청약 조사하면서, 주민의 치안을 틈틈이 살피는 것이 경찰의 의무 아니겠습니까. 그 맥락으로 이해해 주세요. 다녀오겠습니다."

영빈은 정국을 보고 환하게 미소 짓고는 신나게 한강공원 쪽으로 갔다. 정국은 영빈이 사라진 곳을 바라보며 혀를 끌끌 찼다.

*

나와 성준은 아파트 내부를 둘러보고 있었다.

"한강뷰 진짜 끝내주네요."

"좋으세요?"

"너무 좋아, 인생 최고의 날이네요."

"싱크대 컬러랑 빌드인 전자세품은 마음에 드세요?"

"퍼펙트!"

"입주 청소는 해야 하지 않을까요?"

"아무래도 맡겨서 한번 미세먼지랑 배관 시멘트도 청소하는 게 나을 것 같아요. 그건 내가 알아서 할게요."

"네! 그럼, 제가 이삿날 올게요."

성준이 말했다.

"포장 이산데 뭐. 내가 알아서 할게요."

내가 거절하듯 말했다. 사실 성준이 내가 이사할 때 와서 남루한 내 오랜 짐들을 보는 것이 불편했다.

"이삿날에도 CCTV에 제 얼굴도장은 남겨야 하지 않을까요?"

성준은 진심으로 내 이사를 도와주고 싶은 듯했다.

"내 살림 다 보여주는 거 싫어서 그래."

내가 솔직한 이유를 대며 거절했다.

나는 성준의 작지만 화려하고 세련된 집 내부를 보았다. 무심코 봐도 값비싼 소품들, 여전히 눈에 선하다. 나에게는 그런 소품이 없었다. 다이소에서 구매한 최소한의 세간살이였다. 나에게 집은 그냥 잠을 자는 곳이었고, 대부분의 시간은 원주민 부동산에서 보냈었다.

"제가 보는 게 불편하시군요!"

"내 이사는 내가 알아서 할게."

나는 단호하게 선을 그었다.

"알겠습니다."

성준은 아쉬운 표정으로 답했다

*

성준을 보내고 나는 혼자 집에 남았다. 창밖을 혼자 내다보았다.

'결국 여기 왔구나!'

성준의 제안으로 여기까지 왔고, 생각했던 것보다 불안하거나 불편하지 않았다. 그저 이 집에 내가 살게 되었다는 것이 얼떨떨했다.

그런데 이 순간, 왜 그가 떠오르는 것일까?

문득 2년도 지난 그날의 일이 떠 올랐다.

*

나는 정국을 만날 때면 한강 카페 창가 자리에 앉아 있었다. 음식이 나오면 스마트폰으로 사진을 찍고 SNS에 올리는 것을 반복했다. 항상 나는 정국을 보며 웃어주었다. 사실 정국도 나를 꽤 좋아했었다고 생각한다. 결혼정보회사를 통해서 만났지만, 처음 봤을 때부터 뭔가 모성애가 발동되는 그런 사람이 정국이었다.

결혼을 하기로 해놓고도 내 손 한번 잡지 않던 고지식한 사람이 정국이었다. 정국이 과거에 증여받은 아파트가 재건축이 속행되면서 애크로펜타스의 입주 시점에 맞춰 우리는 결혼할 계획을 세우고 있었다.

부정청약자

경찰서 내부, 한낮의 햇살이 창문을 통해 들어왔다. 부정청약 전수조사팀 사무실에서 정국과 영빈이 책상에 쌓인 서류들을 꼼꼼히 검토하고 있었다. 두 사람 앞에는 수십 건의 의심 사례가 담긴 파일들이 펼쳐져 있었다.

"진짜 별의별 방법이 다 있네요."

영빈의 말에도 정국은 대답 없이 자료를 보는 중이었다.

"아홉 번을 청약한 사람도 있어요."

"이번에?"

"보세요. 결혼하고 애 낳고 살고 있으면서 아홉 번을 한부모가정 특별공급으로 청약해서 당첨됐네요!"

"7전 8기도 아니고, 8전 9기? 그것도 부정으로."

"혼인신고를 안 하는 이유가 또 있지. 한부모 가정은 정부에서 주는 혜택에 많잖아."

"아, 맞네요."

"그런데 문제가, 사실혼 관계의 남편이 실직 상태야. 실업급여도 끝났고. 한부모가정 자녀 양육비 받으면서 그나마 생활비로 썼겠지."

"눈물 없이는 들을 수가 없네요!"

"대책 없이 애 낳은 것도 문제 아닌가."

"사람 일이 맘대로 되나요? 사랑에 빠지면 애도 생기고 그러는 거죠. 생활에 대한 문제는 완전 딜레마네요. 생활 여건 다 갖추고 애 낳나, 아니면 일단 낳고 나서 갖추어 가느냐, 그것이 문제네요."

"당연히 갖추고 낳아야지."

"그래서 대한민국 출산율이 낮은가 보네요."

영빈이 정국의 눈치를 보면서 바로 말을 돌렸다.

"어! 팀장님 사시는 동에도 있어요. 전수조사 대상자."

"있어?"

정국은 펼쳐진 서류에 시선을 고정한 채 흥미롭다는 듯 영빈에게 물었다.

"몇 호야?"

"1701호, 그리고 1602호."

"뭐야, 위아래 집이잖아!"
"우선 앞집 1602호 강혜라 씨네요."
"뭐라고?"
"강혜라 씨요!"
'강혜라.' 정국은 덤덤하게 그 이름을 소리 내어 말했다.
"강혜라?"
정국의 목소리에는 당혹스리움과 놀라움이 뒤섞여 있었다.

*

정국은 경찰서 밖으로 나왔다. 그리고 주저앉듯 벤치에 앉았다.
'강혜라가 설마!'
문득 정국은 혜라와 마지막으로 함께 했던 한강 카페가 떠올랐다. 정국은 과거의 어느 시간에 도착해 있었다.
거의 3년 전, 혜라와 함께 있었던 그 시간 말이다.
정국은 혜라가 좋았다. 처음 봤을 때부터 마음에 들었다. 긴 머리, 단아한 이목구비, 말투, 혜라의 모든 것이 마음에 들었다. 그날 정국은 정식 청혼을 위해 아껴둔 말을 하리라 마음먹고, 혜라가 어떤 꽃과 어떤 스타일의 반지를 좋아하는지 알아보기 위해 SNS를 찾아보았다.

그런데 혜라의 SNS에는 정국이 없었다.

대신 한강뷰 대단지 아파트들의 사진만 가득했다.

한강 카페 쏙에서 찍은 애크로펜디스 착공 현장 사진에 정국이 태그되어 있었다. 정국은 혜라와 자신이 천천히 감정을 쌓아가고 있다고 생각했는데, 혜라의 마음속에는 아파트의 층수가 쌓여가고 있었던 것일까? 정국은 혜라에 대한 배신감이 밀려오는 듯했다.

*

내가 정국과 마지막으로 마주한 그날을 떠올릴 수 있는 것은 내 감정이 정리되었기 때문일까? 내 상처가 아물었기 때문일까?

*

'왜 나를 저런 표정으로 보는 걸까. 마치 증오하듯?'

그는 나를 한참 가만히 보다가 드디어 입을 열었다.

"제 아파트가 많이 탐나셨나 봐요. 한강뷰, 대단지 강남아파트!"

내 귀에 꽂힌 정국의 목소리에 분명 비난의 의도와 실망감이 담겨 있었다. 나는 솔직히 대답했다.

"아니라고는 말 못 해요. 정국 씨도 좋고, 정국 씨 아파트도 좋고. 정국 씨에 대한 모든 것이, 다 좋아요!"

내 솔직한 말이 왜 정국에게는 아프게 꽂혔을까? 정국은 실연을 당한 표정으로 그날 나를 밀어냈다.

"여기까지 하시죠!"

그날 정국과 내 인연의 실은 끊어졌다.

*

정국이 착잡한 심정으로 경찰서 안으로 들어왔을 때 영빈은 그의 속내도 모르고 브리핑을 시작했다.

"1990년생 강혜라 씨, 1602호. 남편 이성준, 네 살 연하네요. 능력자네. 예비부부로 청약한 거라 현재 혼인신고는 되어 있고 사실혼 관계가 맞는지 확인하는 건이네요. 간단하네."

영빈이 음흉한 표정을 지으며 말했다.

"신혼부부가 같은 층 앞집? 괜찮으시겠어요?"

"무슨 상관이야."

정국이 무표정하게 대답했다.

"이상한 낌새는 없었어요?"

정국은 영빈을 바라보며 답했다.

"아직 입주 안 했어. 입주 여부 확인을 좀 하고 말해라."

"네, 알겠습니다."

"근데 부정청약 필터링은 과거엔 어디까지 한 거예요?"

"분양단지 중에서 청약 당첨자 대상으로 적발하는데, 대체로 위장전입이었어!"

"아! 상급지에서 분양받으려고요?"

"그렇지. 상급지도 있고, 대체로 서울 쪽이 많았지."

"이해 가네요. 지방에서 살아도 아파트는 서울에 보유하고 싶으니까요. 역시, 대한민국은 부동산 공화국입니다!"

영빈은 손뼉을 쳤다.

그 모습을 본 정국이 심각한 표정으로 말했다.

"이제는 건강보험 요양급여 내역으로 부정청약 다 알아. 어르신들은 혈압약, 콜레스테롤약 타러 수시로 다니니까, 다 위장전입으로 걸리는 거지."

"아! 병원에 가지 않으면 안 걸리겠네요."

"죽고 싶지?"

"살고 싶습니다."

"진지하게 하자."

"네!"

아파트를 훔친 여자

"근데 신혼부부 부정청약 사례는 어떻게 잡아요?"

"투자 목적으로 가짜 혼인신고하고, 당첨된 이후에 혼인무효 소송하다가 딱 걸렸어."

"소송이요?"

"빼박 증거니까."

"거의 사기 아닌가요?"

"주택법 65조와 위계에 의한 공무집행방해죄."

정국이 매우 스마트하게 말했다. 영빈이 정국에게 진정성을 담은 눈빛으로 다시 물었다.

"그러네요. 그런데 빼박 증거가 없으면 주택법 65조와 위계에 의한 공무집행방해죄를 어떻게 적용해요?"

"촉이지."

"하긴 촉으로 지명수배자까지 잡으시는 분이니 접촉하시면, 구린내가 탁! 바로 잡으실 겁니다."

"야. 그건 강력범죄고, 이건 그냥~."

"이건 그냥 뭘까요?"

"그냥….''

정국은 딱히 할 말이 없었다.

"제 생각엔 위장결혼은 소리로 알 수 있습니다."

"소리?"

"무슨 소리 나나 안 나나."

"무슨 소리."

"깨 볶는 소리요."

"야야! 나도 집에서 쉬어야지, 야밤에 남의 집 소리나 엿들어. 관음증이냐?"

정국은 짜증 난다는 듯 영빈에게 소리를 질렀다.

"무슨 소리를 상상하신 건데요?"

"네가 들을래?"

"이제 팀장님의 사상에 대해서 좀 알 것 같습니다."

"내가 뭘?"

"음란한 사상이요."

"뭐?"

영빈이 눈을 동그랗게 뜨고 물었다.

"건강하셔서 그래요."

"뭐라고?"

"아직 미혼이고, 방음 잘되는 최고의 아파트에 사셨으니, 층간소음은 평생 못 겪어보셨을 거고요. 제가 어떤 소린지 설명을 해보겠습니다."

정국은 영빈의 설명에 말문이 막혔다.

"그게요"

"그게?"

"저희 윗집이 신혼인데요, 집들이만 일곱 번을 했어요.

음식을 하고, 밤새 웃고! 배웅하는 소리요."

"알았다."

정국은 짜증이 난 듯 영빈을 노려보았다.

"집들이가 포인트 입니다."

"알았다고!"

정국은 신경질적으로 자신의 의자에 앉았다.

영빈은 정국을 보며 바라보며 중얼거렸다.

"왜 버럭이지? 전 여친이 이사를 온 것도 아닌데!"

정국은 영빈의 말에 놀랐다.

영빈은 영문도 모르고 자리에 앉아 모니터로 서류들을 검토하기 시작했다.

Cookie 9. 위장결혼 후 혼인무효소송을 한 사례

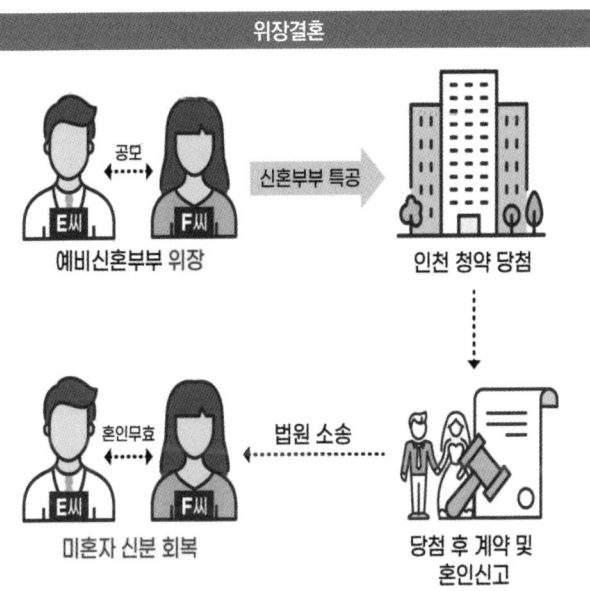

E씨는 F씨와 공모하여 예비 신혼부부 자격으로 인천에서 공급하는 주택에 신혼부부 특별공급으로 청약하여 당첨되자 계약 및 혼인신고를 한 후, 법원 소송*을 통해 미혼자 신분을 회복함

* '혼인무효 확인의 소'(신혼부부 청약을 위해 혼인신고를 했을 뿐, 혼인에 대한 논의나 공동생활은 없었음)를 제기하여 혼인관계증명서 정정

(출처:국토교통부 보도자료)

간 떨리는 동거

 정국은 애크로펜타스 아파트 현관에 서서 '1602호 전입'이라고 적힌 안내문을 바라보고 있었다. 한숨이 푹푹 나왔다. 조촐한 이삿짐이 들어오고 있었다. 오로지 정국의 시선이 한 물건에 고정되었다. 비상계단 앞에 놓인 커다란 아파트 모양 스탠드였다.

"저 아파트 모양 스탠드는?"

 정국이 중얼거렸다. 혜라가 자신에게 그 큰 아파트 모양 스탠드를 선물하던 순간이 스쳐 지나갔다. 정국은 다시 아파트 모양 스탠드를 바라보고 있었다. 밖에서 혜라의 목소리가 들렸다.

"아저씨!"

갑작스러운 소리에 정국은 당황했다. '강혜라?' 정국은 지하 주차장으로 연결된 비상계단 쪽으로 숨었다.

*

사실 나는 정국을 확실히 보았다.

그래서 확인하기 위해 비상계단으로 갔다. 정국은 나의 인기척을 느끼고 나를 보았다. 우리는 눈이 마주쳤다.

우리는 그 자리에서 얼어버렸다.

"저, 정국 씨?"

내 목소리가 떨렸다.

"가, 강혜라?"

정국도 마찬가지였다.

서로 아는 체를 안 할 수도 없고 그렇다고 흔쾌히 인사하기에도 난감한 상황이지만, 지금 상황에서 우선 서로 인사를 해야 한다고 생각했다.

"앞, 앞집? 이사… 왔어요?"

정국이 겨우 말을 이었다. 나는 정국이 경찰이라는 생각만 가득했다. 여기서 확실히 인상을 남겨야 했다.

"결, 결혼했어요!"

내가 대답했다.

이사 왔냐는 말에 결혼했냐고 답하는 것은 좀 이상하기는 했지만, 이사의 이유가 결혼이라는 것은 확실히 해두고 싶었다. 동시에 우리의 시선은 아파트 모양 스탠드에 꽂혔다.

"깜박하고 못 버리고 와서. 분리수거 하려고요."

내가 변명하듯 말했다. 그때였다.

이삿짐 아저씨가 나에게 왔다.

"이거 따로 챙기신다고 했죠?"

"네?"

우리는 이삿짐 아저씨의 말을 듣고 당황했다.

"네, 따로 버리려고요."

"버려요?"

"네!"

"버리지 마시지. 이쁘고 비싼 것 같은데."

"이쁘고 비싼 것은 맞는데요, 버려야 해요."

나는 가볍게 묵례하고는 아파트 모양 스탠드를 안고 서둘러 그 자리를 떠났다.

하지만 우리는 바로 다시 만났다.

엘리베이터 앞에서 말이다.

엘리베이터를 같이 탔다.

그리고 함께 16층을 눌렀다.

*

정국은 자신의 집, 1601호로 들어갔다.

아무것도 없는 정국의 집 거실에 이피트 모양 스탠드가 있었다. 정국은 스탠드를 창고에 넣고는 가만히 문을 닫았다.

"어쩌다 앞집에 혜라가!"

정국은 기가 막힐 뿐이었다.

*

나도 거실까지 스탠드를 안고 들어왔다.

이리저리 어질러진 이삿짐 사이 먼지투성이인 바닥으로 나는 철퍼덕 주저앉았다.

"앞집? 부정국 씨랑 앞집?"

나는 믿을 수 없다는 듯 팔을 꼬집어보았다.

"꿈이었으면 좋겠다!"

나는 머리를 쥐어뜯으며 소리쳤다.

"나 이제 어떡해. 어떡하냐고…."

나는 절망적이었다.

*

성준은 오랜만에 회사에 나와서 일하고 있었다.
성준의 직장 이름이 크게 쓰여 있었다.
'주말데이트 결혼정보회사'.
팀장이 성준에게 다가왔다.
"결혼식도 안 하고, 집들이는 해요?"
"아, 안 할 거예요."
"결혼했는데, 신부 얼굴도 안 보여주고, 집들이도 안 하고, 이건 무슨 일이에요?"
"살아보고 결정하려고요."
"혼인신고도 안 했어요?"
"그건 했죠."
"혼인신고를 진짜 살아보고 해야지."
"시실 집 때문에요. 신혼부부 특별공급으로 청약이 돼서 준비 안 된 상태로 결혼하는 바람에, 좀 저희 둘 서로에게 집중하려고요~."
"참 MZ스럽다. 부럽다."
"감사합니다."
성준은 환하게 웃어주었다.

*

나는 왜 저 스탠드를 버리지 못했을까?

나는 스탠드 주변을 탑돌이 하듯이 돌기 시작했다.

돌면 돌수록 불안함이 나의 발걸음을 조급하게 만들었다.

'설마 부정청약 단속하려고 온 건 아니겠지. 경찰이라서, 우리 위장결혼 바로 눈치채는 건 아닐까?'

내 생각은 꼬리를 물고 이어졌다.

"아~! 나 어떡해."

나는 답답함에 소리쳤다.

그때 성준에게서 전화가 왔다.

나는 서둘러 전화를 받았다.

"혜라 씨! 필요한 거 없어요?"

성준이 물었다.

"필요한 거요? 없어요!"

나에게 사실 오늘 가장 필요한 것은 이성준이라는 사람이 맞다. 나와 위장결혼 상태인 이성준, 하지만 나는 당장 우리 집으로 와줄 수 있냐는 말을 차마 하지 못했다.

그동안 나는 어떻게든 같이 살 방법을 고민하던 성준을 수없이 밀어냈고 혼자 입주했다.

번복해야 한다면 어떤 말부터 해야 할지 난감했다.

"이사 하느라 피곤하실 텐데 쉬세요. 우편물 오면, 전화 주세요. 제가 가지러 갈게요."

"네, 근데 성준 씨."

"네? 무슨 하실 말씀이라도?"

내가 지금 상황에서 '우리 같이 살 수 있나요?'라고 말할까? 앞집에 전남친 부정국이 이사 왔다고, 그가 눈치챌까 봐 당장이라도 같이 살아야 할 것 같다는 그 말을 해야만 한다.

'오늘 우리 집에 올래요?'

이 말부터 해야 하나? 이건 너무하다. 오늘만 와서 뭘 어쩌자는 것인가, 앞집 초인종이라도 누르고 인사라도 시켜야 하는 건가? 하지만 성준이 오늘은 꼭 와주어야 한다고 생각했다.

그래서 결국 내 입에서 나온 한마디는 이거였다.

"휴지 좀 사다 주실래요?"

"휴지요?"

성준은 당황한 목소리로 되물었다.

"네~ 휴지요!"

"배달 시켜드릴까요?"

"아, 아니에요!"

내가 말하고도 너무 뜬금없다고 생각했다.

하지만 성준이 말했다.

"사다 드릴게요! 다른 건요. 더 필요한 건 없어요?"

"없어요. 그것만 있으면 돼요."

"네! 지금 갈게요."

지금 온다는 그의 말에 나는 마음이 놓였다.

나는 이제 혼자가 아니다. 성준이 오고 있으니까.

톰과 제리

밤이 깊어지는 애크로펜타스 인근 슈퍼마켓. 성준은 화장지를 찾아 매장을 둘러보고 있었다. 평소 혜라가 쓰던 화장지가 없었다. 성준은 계산대 쪽으로 향했다.

"각티슈는 어디 있어요? 모나리자 제품이요."

성준이 주인에게 물었다.

"깨끗한나라가 좋던데!"

"다 좋죠, 그런데 쓰실 분이 모나리자 같은 분이라서요."

성준의 말에 아줌마의 표정이 밝아졌다.

"총각, 말 이쁘게 하네."

"진짜예요. 참, 투게더 아이스크림 있나요?"

"저기 하나 남았을걸?"

그때였다. 슈퍼마켓 문이 열리고 정국이 들어왔다.

성준은 정국의 얼굴을 바로 알아볼 수 있었다. 성준이 그 자리에 얼어붙은 것처럼 잠시 서 있는 사이 정국은 성큼성큼 아이스크림 냉장고 쪽으로 가서 투게더 아이스크림을 집었다. 주인은 고개를 돌려 매장 쪽을 가리켰다.

"그거 하나 남은 건데."

작은 슈퍼마켓 안에 아주머니의 목소리는 쩌렁쩌렁 울렸고, 순간 성준은 정국과 정면으로 눈이 마주쳤다.

정국이 성준에게 다가왔다. 그리고 정국은 성준에게 들고 있던 투게더 아이스크림을 내밀었다.

"찾으셨나 봐요. 이거 가져가세요."

정국이 말했다. 성준은 정국의 제안에 당황했다. 성준은 정국이 누구인지 정확히 알고 있었지만, 정국은 성준을 알 리 없었다. 그냥 성준이 찾던 아이스크림을 갑자기 나타난 정국이 먼저 집었고, 아주머니 말 때문에 서로가 뻘쭘해진 그런 상황이었다. 성준은 말했다.

"양보해 주시는 건가요?"

정국은 미소를 지으며 대답했다.

"저는 먹어도 그만, 안 먹어도 그만이라서요."

"양보 감사합니다."

성준은 주저 없이 아이스크림을 받았다. 정국은 대수롭

지 않다는 듯이 고개를 돌려 다른 간식거리를 골랐다. 성준은 카드로 결제하고는 서둘러 밖으로 나왔다. 그저 혜라에게 빨리 이 사실을 어떻게 알려야 할지 고민이 되었다.

"설마 같은 동은 아니겠지?"

성준은 최대한 빠르게 걸었다. 언제부터인가 뒤에 정국이 있었다. 성준은 필사적으로 빠르게 걸었지만, 정국은 경찰 특유의 정제되고 빠른 걸음걸이로 성준과의 거리를 좁히고 있었다.

성준은 차라리 자신이 정국의 뒤로 가는 것이 낫겠다고 생각했다. 이참에 정국이 어느 동에 사는지도 알아봐야겠다고 생각했다. 잠시 후 앞서가던 성준과 뒤에 걷던 정국의 위치가 바뀌었다.

결국 성준은 116동으로 들어가는 정국을 보게 되었다. 어둠이 내려앉은 아파트 1층 현관. 정국이 탄 엘리베이터 문이 천천히 닫혔다. 그리고 시간차를 두고 성준이 116동 1층 현관으로 들어섰다. 성준은 깊은 한숨을 쉬고 있었다.

*

정국은 정국대로 엘리베이터에 표시된 숫자가 바뀌는

것을 보며 마음이 무거워졌다. 마치 중력이 그의 심장을 내리누르는 것 같았다. 16층에서 내렸을 때 혜라가 눈앞에 있는 것은 아니겠지? 정국은 그런 생각을 하니 마음은 더 무거워졌다.

*

 정국이 탄 엘리베이터가 정확히 16에 멈추는 것을 확인한 후에야 성준은 옆에 있는 다른 엘리베이터 버튼을 눌렀다. 엘리베이터가 16층으로 올라갈수록 성준은 긴장이 몰려왔다.
 "혜라 씨는 알고 있을까?"

Cookie 10. 혼인신고를 하지 않고 한부모가정 청약

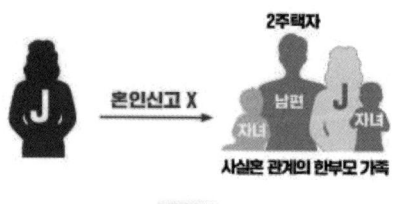

J씨는 2주택을 소유한 남편과 결혼 후 두 자녀(男 2세, 男 1세)를 함께 양육하면서 혼인신고만 하지 않은 사실혼 관계의 한부모가정으로서, 성남(위례신도시)에서 공급하는 공공 신혼부부 특별공급(한부모가정)* 주택에 청약하여 당첨됨

* 배우자와 사별 또는 이혼한 자에게 공급하며, 사실혼 관계에 있는 미혼자는 공급 대상에서 제외
** J씨 부부는 9회에 걸쳐 같은 아파트를 각각 청약

(출처:국토교통부 보도자료)

Cookie 11. 신혼부부 공문서위조 사례

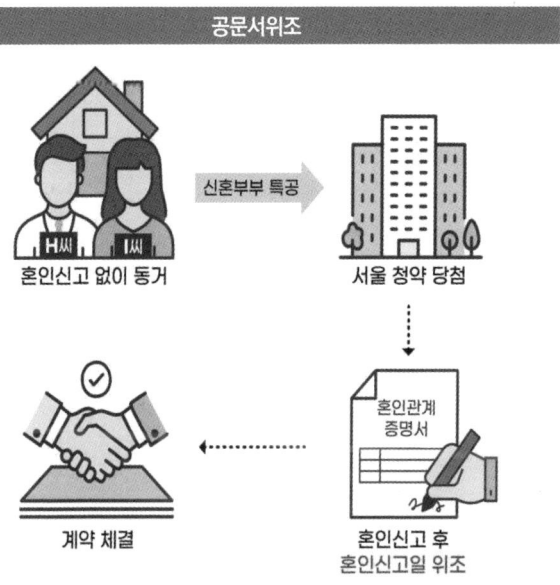

H씨는 I씨와 동거하면서 혼인신고도 없이 서울에서 공급하는 주택에 신혼부부 특별공급으로 청약하여 당첨되자, 부적격 사유를 치유하기 위해 다음 날 혼인신고하고 '혼인관계증명서'의 혼인신고일을 위조한 후 계약을 체결함

* 혼인신고일 위조 2024.10.31. → 2024.10.01.
** H씨와 I씨는 총 6회에 걸쳐 각각 신혼특공 청약

(출처:국토교통부 보도자료)

Cookie 12. 신혼부부 청약 자격 조작 사례

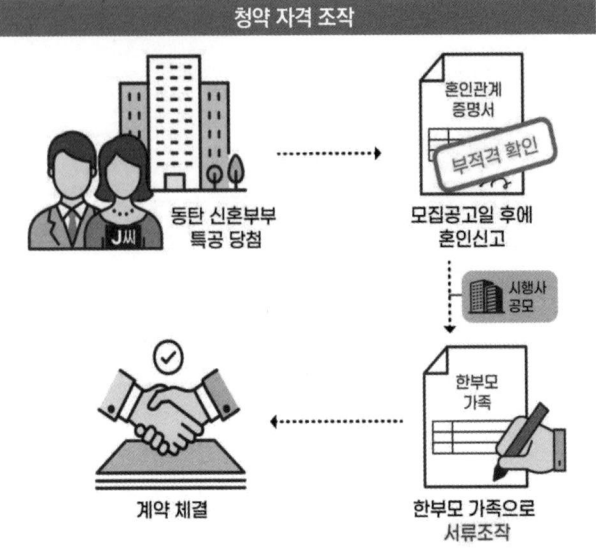

J씨는 동탄에서 공급하는 공공분양주택에 신혼부부 특별공급으로 청약(신혼부부)하여 당첨되었으나, 입주자모집공고일 후에 혼인신고한 사실이 확인(부적격)되자, 시행사와 공모하여 청약유형을 '신혼부부'에서 '한부모가정'으로 조작한 후 계약 체결함

* 계약서에 청약유형 수정 후, J씨 도장으로 날인

(출처:국토교통부 보도자료)

Cookie 13. 신혼부부 불법 전매 사례

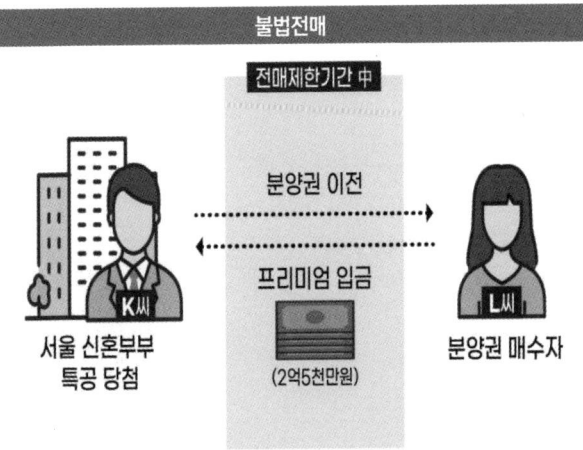

K씨는 서울에서 공급하는 주택에 신혼부부 특별공급으로 청약하여 당첨된 후, L씨에게 분양권을 넘겨주는 조건으로 전매제한기간 중 계약금 및 프리미엄(2억 5천만 원)을 입금받고 분양권 매매계약을 체결함

* 불법 매수인(L씨)이 시행사, 시공사 및 K씨를 대상으로 '소유권이전등기 청구의 소' 제기

(출처:국토교통부 보도자료)

가짜 신혼부부

  정국은 엘리베이터에서 내리고는 그는 한동안 가만히 서 있었다. 그는 그대로 숨을 죽이고 선 채, 귀를 기울였다. 혜라의 집 안에서 들려오는 작은 소리 하나라도 놓치지 않으려는 듯했다.

  1602호에서 아무 소리도 들리지 않는다는 것을 확인한 정국은 조심스럽게 발걸음을 옮겼다. 문이 닫히는 소리와 함께 복도는 다시 침묵 속에 잠겼다. 동시에 성준이 엘리베이터에서 내렸다. 덜컥 닫히는 1601호, 성준은 긴 한숨을 내쉬고는 1602호의 초인종을 눌렀다.

*

딩동 초인종 소리에 이렇게 놀라보긴 처음이었다. 나는 바로 문을 열고 성준을 안으로 끌어당기며 말했다.

"자기 왔어?"

성준은 내 행동에 당황한 기색이 역력했다. 성준은 나에게 끌려 들어오면서 정말 놀란 표정이었다.

"자, 자기요?"

성준이 어리둥절한 목소리로 물었다.

"응."

나는 고개를 끄덕이며 애교 섞인 목소리로 대답했다.

내가 급히 성준의 팔을 잡아 안쪽으로 끌어당긴 탓이었을까? 성준은 들고 있던 휴지에 걸려 넘어지고 말았다. 중심을 잃은 것은 나도 마찬가지였다. 순간적으로 성준은 나를 다치지 않게 하려고 몸을 틀었고, 나는 성준의 몸 위로 포개지듯 엎어졌다. 그 상태로 현관문이 쾅 하고 닫혔다.

*

나는 거실에서 인터폰 카메라로 밖을 살펴보았다.
화면에는 아무도 보이지 않았다.

"오면서 앞집 안 마주쳤죠?"

"같이 왔어요."

"같이?"

성준이 그런 나를 의아하게 바라보았다.

"슈퍼에서 만났어요! 휴지랑 투게더 아이스크림 사오라고 하셔서!"

"그래서요?"

"투게더 하나 남은 거 양보해 주셨어요. 앞집 그분이요."

"앞집 그분?"

나는 전남친 정국이 앞집에 산다는 성준에게 사실을 말해야 한다고 생각했다. 그래야 성준에게 동거 제의를 할 수가 있다. 성준이 걱정스러운 표정으로 물었다.

"어딘가 불안해 보이세요."

"불안해요! 사실은요…."

나는 결국 성준에게 말을 꺼냈다.

*

정국은 현관문에 그대로 기대어 서 있었다.

밤이 깊어진 시각, 그의 눈앞에 펼쳐진 것은 텅 빈 거실이었다. 중앙에는 라꾸라구 침대 하나가 덩그러니 놓여 있었다. 그리고 침대 옆 구석에는 아파트 모양 스탠드가 마치 침대를 지키는 듯한 모습으로 자리하고 있었다.

정국은 가만히 걸어가 아파트 모양 스탠드를 집어 들었다. 아무 말 없이 그 아파트 모양 스탠드를 현관 옆으로 옮겨놓았다.

고요한 거실에는 정국의 발소리만이 울려 퍼졌다. 이윽고 정국은 침대도 아니고 거실 바닥에 그대로 누워 잠을 청했다.

*

"같이 살자고요? 여기서!"

나는 재빨리 손을 뻗어 성준의 입을 막았다. 나는 조용히 하라는 듯 쉿 소리를 내며 밖을 경계했다.

성준은 내 제안에 적지 않게 놀란 표정이었다.

"뭘 그렇게 놀래, 자기야."

"자기?"

"목소리 작게 좀, 요즘 새 아파트가 소음에 취약해서."

내가 작은 목소리로 성준에게 이유를 늘어놓기 시작했다.

"층간소음에, 층견소음까지…."

"층견소음이요?"

성준이 혼란스러운 표정으로 물었다.

"소음이랑 제가 여기서 사는 거랑…무슨 상관이 있죠?"

"상관있지!"

내가 강하게 긍정했다. 급한 나머지 성준에게 반말로 전환했다는 사실도 자각하지 못했다.

"밤말은 쥐가 듣고, 낮말은 새가 들으니까."

"네?"

성준은 점점 내 행동을 이해 못 하겠다는 표정이었다가 다시 나에게 물었다.

"혹시~앞집 때문에 이러시는 건가요?"

성준은 더 이상 에둘러 묻지 않기로 했다.

"혜라 씨! 그냥 솔직히 말씀해 주세요. 무슨 일인지."

나는 지금 성준에게 털어놓을 타이밍이라고 생각했다.

"사실은… 앞집에 경찰이 살아."

"경찰이요?"

성준이 되물었다.

"근데, 그게…."

나는 말을 이어가기가 어려웠다.

"네!"

"그 파혼한 전남친이야!"

"네~에?"

"당첨됐을 때는 신의 가호라고 생각했는데, 이건 신이 나를 시험하는 거야. 나한테 이런 집을 그냥 줄 리가 없어! 결국 시련을 주셨네!"

"하시죠. 동거."

"어?"

"경찰이라면서요. 선택의 여지가 없잖아요."

"그치!"

나는 한숨을 정말 깊고 길게 내쉬었다. 그런데 성준의 표정이 어딘가 싫지만은 않은 것 같았다.

*

성준은 화장실에 들어왔다. 혜라가 세팅한 세안제로 세수하고 수건으로 얼굴을 닦았다. 이제 진짜로 혜라와 함께 있는 기분이 들었다. 성준은 화장실에서 웃는다는 말의 의미를 이제 알 것 같았다. 행운의 여신이 자신에게 환하게 미소를 보내고 있는 듯했다.

"하느님 부처님 예수님, 감사합니다!"

*

애크로펜타스 아파트 커뮤니티에 있는 카페테리아에서 나는 성준과 나란히 앉아 조식을 먹고 있었다. 나는 밥이 코로 들어가는지 입으로 들어가는지 이리저리 두리번거리며 주변을 살피는 데 여념이 없었다. 그때였다. 성준이 나를 빤히 보더니 입가에 묻은 소스를 냅킨으로 닦아주었다. 순간 너무 당황한 나는 말을 돌렸다.

"어~ 먹을 만하지?"

내가 물었다.

"맛있네."

성준이 짧게 대답했다.

내가 말을 이었다.

"오늘 출근하지?"

"네."

성준이 답했다.

"어! 라고 해야지."

성준은 즉시 말을 고쳤다.

"어!"

나는 눈동자만 움직여 주변을 훑으며 CCTV 위치를 체크했다. 성준도 나처럼 이리저리 카페테리아 천장과 벽에 설치된 CCTV 카메라들의 위치를 확인하고 있었다.

*

거실에 들어서자마자 나와 성준은 누가 먼저랄 것도 없이 깊게 안도의 한숨을 내쉬었다.
"밥이 어디로 들어가는지 모르겠더라."
"이래서 죄짓고는 못 사는 건가 봐요."
내 생각과 성준의 생각이 일치했다.
우리는 갑자기 웃음이 나와서 마주 보고 한참을 웃었다.
"제가 내일부터 짐을 조금씩 옮겨볼게요."
성준이 말했다.
"그냥 말 편하게 해."
"제가 네 살이나 아랜데요. 밖에서는 확실히 반말하겠습니다."
"편한 대로 해. 나 때문에 미안해."
나는 진심으로 성준에게 미안했다.
"하늘은 스스로 돕는 자를 돕는 거죠!"
"어?"
나는 순간 성준의 말이 이해가 안 갔다.
"감수한다고요! 앞집에 이사 오신 그 분이 경찰이라니,

정말 아이러니하네요! 그분 무슨 과 경찰이에요?"

성준이 나에게 물었다.

"사이버범죄수사과, 뭐 그런 쪽이었어."

성준은 가슴을 쓸어내리며 안도했다.

"정말 다행이네요!"

"다행일까?"

나는 갑자기 불안감이 엄습했다.

*

나는 출근해서 내 자리에 앉자마자 부정청약 단속 방법을 검색하기 시작했다. 화면에는 의심 대상자 위치 추적, 병원 기록 확인 등의 정보가 나타났다.

"같이 살면 아무 문제없을 거야."

*

해가 중천에 떴지만, 정국은 거실 바닥에 그대로 누워있었다. 마치 죽은 사람처럼 누워서 그렇게 밤을 새웠다.

알람이 울렸다. '야간 근무'

동시에 윗집에서 쿵쿵, 쿵쿵 층간소음이 들려왔다. 정

국의 얼굴이 확 일그러졌다. 참을 수 없어진 그는 인터폰을 들어 경비실에 연락했다.

"1601호입니다. 1701호 소음이 너무 심한데요."

정국이 짜증 섞인 목소리로 말했다.

경비원의 목소리가 인터폰을 통해 들려왔다.

―저희가 올라가 보겠습니다.

"감사합니다."

정국은 대답하고 인터폰을 내려놓았다. 윗집의 소음이 멈추기를 바라며 그는 한숨을 내쉬고 화장실로 들어갔다.

"위에서 소음이 나를 짓밟는 것 같네~ 기분 탓인가?"

*

오늘은 정말 부동산에 문의 전화가 한 통도 없는 날이다. 애크로펜타스 입주장이 시작되면서 한동안 전화가 많았는데, 갑자기 시작한 대출 규제로 이동할 수 있는 수요가 줄었다. 지혜와 미영이 슬슬 퇴근 준비를 하면서 나에게 물었다.

"안 가세요?"

"가야지!"

"내일 쉬시는 거 맞죠?"

"어! 다행이야. 이럴 때 쉬어서."
"오늘처럼 내일도 문의 별로 없을 것 같아요."
"이럴 때도 있는 거지 뭐."
"들어가 보겠습니다."
"그래."

지혜와 미영이 나가고 나도 퇴근 준비를 하는데 성준이 부동산 문을 열고 들어왔다.

"어쩐 일이야?"
"야간에 긴급 업데이트 건도 있고 내일은 마라톤 회의가 있어서요."
"회의?"
"시스템 개편이 있어서 전체 카테고리 다 공동 테스트를 하거든요."
"어!"
"그래서 오늘은 같이 못 있을 것 같아요. 오늘만요!"
"오늘만?"
"네!"

성준은 정중하게 나에게 말했다.

"편하게 주무세요."

정중한 인사를 듣는 순간, 나도 모르게 말이 튀어나오고야 말았다. 나는 성준과 붙어 있어야만 한다고 생각했던 것 같다.

"같이 가!"

"저 밤새워 일할 건데요."

"괜찮아!"

*

내게는 익숙한 성준의 집이었다.

성준은 일이 급한 것 같았다. 들어오자마자 거실 벽에 붙어 있는 아홉 개의 모니터를 동시에 켰다. 이 집이 왜 이렇게 나에게 편하게 느껴지는 것일까? 옆집에 정국이 사는 애크로펜타스의 집과는 너무 다르게 편하게 느껴졌다.

"이 집 전세 빨리 빼야겠다!"

"주소 빼면서 전세 등기 마쳤으니까, 만기까지는 작업실로 쓰려고요."

"하긴 이 피규어들 옮기는 게 쉽지 않아 보여."

"그것도 그렇고, 재택으로 야근하는 일이 많아서요. 괜히 신경 쓰이실까 봐서요!"

"어~ 아니, 그냥 편하게 생각해."

"네, 편하게 쉬세요."

"어!"

"갈아입을 옷 드릴까요?"

"어!"

나는 얼떨결에 대답을 해버렸다.

그리고 내 손에 받은 잠옷, 여성용 잠옷이었다.

"누구 거야?"

왜 그 질문을 했을까? 뭐가 알고 싶었던 것일까? 전 여자 친구 잠옷이라고 말하면 어쩌려고?

"새거예요."

"어?"

"저희집에서 주무신 날 사 왔던 건데, 입혀드릴 수가 없었어요. 오해하실까 봐서요!"

"오해?"

하긴 슬립만 있고 잠을 자는 인사불성 여자에게 옷까지 갈아 입히다가는 무슨 오해를 할지 모를 일이었다.

내가 할 말은 하나뿐이었다.

"고마워, 잘 입을게."

나는 잠옷을 받고는 서둘러 화장실로 들어갔다.

*

크리스털 해골 모형에 갑옷을 입은 기사가 지키고 있는

성준의 집 소파에서 나는 성준이 준 잠옷을 입고 스르르 잠이 들었다. 성준은 밤새 코딩하면서 일을 했고 나는 성준을 보면서 깊은 잠에 빠졌다. 그렇게 또 우리의 두 번째 밤이 지나고 있었다.

원주민과 이주민

 나는 아침 일찍 혼자 집으로 왔다. 창문을 열어젖혔다. 산소가 가득한 바람이 거실로 들어오기 시작해 시원했다. 청소기를 돌리고 오늘 하루는 즐겁게 보내려 했다.

 집 안 청소를 끝내고 커피를 내려 막 TV 앞에 앉으려는 찰나, 초인종 소리가 울렸다. 딩동딩동.

 "누구세요?"

 "우체국입니다."

 우체국 직원의 목소리가 문밖에서 들려왔다. 내 손에 도착한 것은 등기우편이었다.

 '부정청약 전수조사 협조공문'

 손이 덜덜 떨렸다. 간신히 내용을 읽어 내려가던 내 시선이 한곳에 멈춰 섰다.

"담당자가 부정국 팀장?"

나는 공문을 놓고 거실을 서성이기 시작했다.

"설마 동명이인일 확률은 없겠지?"

불안감이 가슴을 죄어왔다.

"진짜 이거… 설마 부정국이, 뭘 알고 이러는 건가?"

공문을 다시 집어 들고 부정국이라는 이름을 다시 확인했다.

"나를 의심하고? 일부러 여기로 온 건가?"

나는 거실을 서성거렸다. 마치 거실에 경찰의 CCTV가 설치되어 나를 지켜보고 있는 것 같았다.

"부정국이 왜?"

*

밤이 어두워졌다. 불안함에 손톱을 뜯는 버릇이 다시 나왔다. 내 눈 아래로 깊게 내려온 다크서클은 하루 종일 얼마나 공포가 엄습하고 있는지를 대변하고 있었다.

삐리리, 현관문이 열리고 "나왔어!" 하면서 성준이 들어왔다. 성준의 손에는 옷 가방을 두 개가 들려 있었다.

나는 다크서클이 가득한 눈으로 성준을 보았다.

"자기 왔어?"

성준은 내 이례적인 반응에 당황했다. 하지만 환하게 웃었다. 밖에 들리라는 듯 말했다.

"우리 자기? 왔어?"

성준은 무슨 일이 벌어진 건지 그리고 내가 왜 이렇게 행동하는 건지 알 수 없었으리라. 그저 성준의 얼굴이 갑자기 붉게 달아올랐다. 나도 질려 놨지만 어색함이 몰려왔다. 하지만 어쩔 수 없다. 버텨야 한다.

나는 성준의 손을 안방으로 끌어당기며 낮게 속삭였다.

"경찰서에서 우편물이 왔어!"

"우편물이요?"

"부정청약 전수조사!"

"올 게 왔군요!"

*

서류를 읽어보던 성준은 걱정스러운 표정으로 나를 바라보았다.

"죄송해요!"

"왜 죄송해요? 성준 씨가 왜요."

"이런 게 바로 올 줄 몰랐네요! 전에 제가 알아봤을 때

예비부부로 청약한 경우는 계약 마치고서도 다시 한번 조사를 한다고 들었어요. 그거긴 한데요."

"계약할 때 가족관계증명서 다 제출했는데 뭘 확인하겠다는 걸까?"

"그러니까요. 실사도 한 번 나오는 줄 몰랐어요."

"둘 다 처음 겪어보는 거니까요!"

"괜히 마음 쓰시게 해서 미안해요."

"같이 한 건데. 뭐가 미안해요?"

"제가 어떻게든 문제없게 해볼게요. 전에 만났던 제 친구 있죠? 변호사. 그 친구한테 물어봐서 철저히 준비할게요. 걱정하지 마세요."

"같이 해요. 뭐든 같이 상의하고. 이건 우리 일이니까."

성준은 나를 그윽하게 보더니 말했다.

"네, 같이요~."

그 말에 나는 갑자기 심장이 뛰었다. 성준에게 심장이 반응할 때면 나는 성준에게 누나처럼 말투를 고친다. 반말을 주로 쓰고 어른처럼 말하려고 노력한다.

나는 이 문제의 원인을 부정국에게 돌렸다.

"이거 받고 혹시 그 사람이 고발한 걸까? 그 생각부터 들더라고."

"설마요! 직접 고발까지 하지는 않았겠죠. 아무 증거도 없는데요."

성준이 믿기지 않는다는 듯 말했다.

"내가 왜 헤어졌는지 말 안 했지?"

"네!"

"내가 자기보다 아파트를 사랑한다고!"

"네에?"

"그래서 헤어진 거야."

성준은 내가 어떤 일을 겪었을지 짐작하는 모양이었다.

"나도 손 한번 제대로 안 잡아보고 결혼을 결심했던 건, 진짜 아파트 때문이었으니까. 나도 참 속물이지?"

성준은 나를 보며 따뜻하게 말했다.

"그게 왜 속물이에요? 강남아파트 가진 남자, 결혼하기에 정말 좋은 조건이죠!"

"정말 그렇게 생각해?"

나는 성준의 말에 허탈하게 웃으며 다소 긴장이 풀려왔다.

"이참에 잘됐네요, 부정국 경감님 길들이기."

"성준 씨 그러다 된통 당할 수가 있어."

"걱정하지 마세요. 우리는 서류부터 완벽합니다. 자기 왔어? 하는 거 보니, 우리 자기 연기력도 짱이고요!"

"우리 자기?"

난 또 얼굴이 붉어지고 있었다.

"잘해 낼 수 있습니다."

나는 지금 상황에서 둘의 결혼이 위장결혼이라고 경찰이 주장할 근거가 없음을 알고 있었다. 이미 혼인신고 전부터 성준과 나는 한번 부부 행세를 한 적이 있다. 갑자기 남녀가 사랑에 빠져 결혼했고, 현재도 같이 살고 있고, 요즘 당사자끼리 스몰웨딩 많이 하니까 결혼식을 올렸는지가 문제가 되지 않을 거라는 점도 알고 있었다.

단 한 가지 걸리는 것은 부정국이 내 전남친이라는 것이었다. 그 얼굴을 내가 한동안 대면해야 하는 것 그리고 아무렇지 않게 신혼생활을 그에게 보여줘야 하는 것이다. 아직 일어난 일도 아닌데 나는 하루종일 너무 걱정되었다.

하지만 성준의 따뜻한 말에 걱정이 눈 녹듯 사라지는 것을 느꼈다. 성준은 정말 따뜻한 사람이라는 생각이 들었다. 그가 듬직했다.

"우리 웨딩사진 찍어놓을까요?"

성준이 내게 제안했다.

내 눈이 반짝였다.

"그게 좋겠다. 웨딩사진!"

"지금 갈까?"

내가 갑자기 일어나려 했다.

성준이 황당한 표정으로 말했다.

"지금 밤 11시예요."

나는 이미 핸드폰을 꺼내 검색하고 있었다.

"내일 아침에 제일 일찍 여는 스튜디오가 어디지?"

"일찍 여는 스튜디오요?"

성준이 의아해하며 물었다.

"아니다!"

나는 하던 걸 멈추고 옷장을 뒤지기 시작했다.

성준도 무슨 생각이 들었는지 따라서 옷장을 뒤졌다.

나는 마치 몽타주 장면처럼 여러 자세로 성준의 앞에 섰다. 성준은 사진을 찍기 시작했다. 이번엔 내가 성준의 사진을 찍어주었다. 나는 이 모든 과정에서 수시로 심장이 빠르게 뛰는 걸 느꼈다.

가짜 결혼이지만 심장은 진짜로 반응하고 있다는 사실을 자각하고야 말았다. 성준은 웨딩드레스를 입은 나와 턱시도를 차려입은 성준의 모습을 생성했다. 성준의 노트북에서 우리의 결혼이 인공지능에 의해 만들어지고 있었다.

*

어둠이 내려앉은 거리, 간간이 들려오는 자동차 소리, 24시간 프린트 가게에서 고성능 사진 프린터가 밀어내듯

종이를 토해내고 있었다.

첫 번째 사진이 완성되었다. 순백의 옷을 입고 화사한 꽃다발을 든 내 모습이 프린터 트레이로 미끄러져 나왔다. 이어서 두 번째 사신이 출력되었다. 검은 정장을 단정하게 차려입고 가슴에 작은 부토니에르를 단 성준의 모습이 선명하게 드러났다.

프린터가 잠시 멈추었다가 다시 작동하기 시작했다. 이번엔 두 사람이 함께 있는 사진이었다. 성준이 내 볼에 사랑스럽게 뽀뽀하는 순간이 영원히 멈춰 있는 한 장의 추억으로 완성되었다.

마지막으로, 가장 은밀한 순간이 프린터를 통해 세상에 나왔다. 성준이 뒤에서 나를 감싸안은 섹시한 백허그 사진이 조용히 프린트 트레이에 나타났다. 나는 사진을 한 번 보고 성준을 보았다. 그 순간 나를 보던 성준의 애잔한 눈빛을 보고야 말았다.

*

우리는 각자의 방에서 자고 있었지만, 나와 성준의 거실은 결혼사진으로 가득했다. 벽부터 책장, 테이블 위까지, 방 안 전체가 우리의 행복했던 순간들로 도배되어 있었다. 다양한 각도와 포즈로 거실을 채웠다. 창문으로 들어오는 햇살이 사진 속 우리 두 사람의 얼굴을 환하게 비추었다. 결혼식의 기쁨과 설렘이 사진 프레임마다 고스란히 담겨 있었고, 인공지능이 생성한 사진은 마치 진짜인 듯했다.

*

경찰서 안, 영빈이 모니터를 뚫어지게 보다가 갑자기 외쳤다.
"걸렸습니다!"
책상에 앉아 있던 정국이 고개를 들어 영빈을 보았다.
"누구?"
정국은 속으로 생각했다.
'혹시 강혜란가?'
"김영주 씨요."
영빈이 대답했다.
"김영주?"
정국이 되물었다. 영빈은 화면에 나타난 영주 어머니의 스마트폰 위치 정보를 가리키며 말했다.
"경북 영주? 노부모 부양 특별공급 부정청약 의심 세대요. 어머니가 핸드폰 위치가 안 바뀌네요. 병원 기록도 딱 경북이고요. 빼박이네, 이거."

"그럼, 위장전입이네. 전입 날짜는?"

"약 4년 전입니다. 그럼 오래 계획한 거네요."

"그사이에 서울에 거주한 적 없어?"

"넵. 한 번 올라온 것으로 보이는데, 이게 GPS 오류인지 진짠지… 아, 진짜겠구나. 암튼 최근엔 서울로 올라온 적이 없어요!"

정국이 눈썹을 치켜올리며 물었다.

"누가 살고 있는 거야, 그 집에?"

"결혼한 부부 그리고 어머니가 가족으로 주민등록이 되어 있어요."

영빈이 모니터를 들여다보며 의아해했다.

"그런데 이분들 신혼부부인데 왜 노부모부양 특별공급으로 청약한 거죠?"

"김영주 씨 남편, 이전에 신혼부부 특별공급이나 다른 당첨 이력이 있는지 찾아봐!"

영빈은 정국을 빤히 쳐다보았다.

"설마 전생에 나라를 구했을까요? 특별공급 당첨 이력이 더 있다고요? 말도 안 돼!"

정국은 침착하게 말했다.

"사람이 한 번이 어려워. 두 번째는 쉬운 법이야. 양심의 가책도 줄고."

"그래요?"

"그래서 시작이 반이라는 말이 있는 거야."

"그렇군요."

영빈에게 알람이 왔다. 영빈은 흥분한 목소리로 외쳤다.

"팀장님 대박! 돗자리 까셔야겠어요. 청약 당첨 이력 있어요."

"맞다니까!"

정국이 그럴 줄 알았다는 듯 자신감 있게 말했다.

"네! 처음부터 자격 미달이었네요. 그런데 어떻게 청약하고 당첨된 거죠?"

"청약 당시에는 자격 점검을 안 하니까. 당첨자만 하니까. 개인의 양심에 맡기는 거지. 당첨자를 상대로 사후 점검하는 것부터 말이 안 돼! 점검 확실히 하고 계약을 체결해야지. 계약하고, 부정청약 조사하고, 혐의 입증하고, 다시 공문 보내고, 계약 취소하고, 쫓아내고, 이게 뭐냐 이게!"

"그러네요. 무의미한 일에 돈과 시간이 너무 낭비되네요."

"그러니까. 사전에 확실히 검증 하면 되는데. 시스템 문제야!"

"그래도 의외네요?"

영빈이 말했다.

"뭐가?"

"시스템 문제라고 하셔서요. 예전엔 사람이 문제라고 하셨잖아요."

"내가?"

"네! 암튼 시스템 문제라는 사실에 공감합니다. 출석요구서 보내서 수사 진행하겠습니다."

정국은 단호하게 고개를 끄덕였다.

"확실히 하자!"

"알겠습니다!"

*

애크로펜타스 아파트 수많은 창문에서 새어 나오는 불빛들이 마치 별처럼 반짝였다. 올림픽대로의 소음도 잦아들었지만 단지 내 산책로에는 간간이 사람들의 모습이 보였다. 퇴근이 늦은 직장인, 야간 운동을 하는 주민 또는 단순히 밤의 고요함을 즐기는 사람들이었다.

나는 아파트 전경을 내려다보고 있었다.

"영주는 입주했나?"

나는 영주에게 보낸 톡에 여전히 1이 남아 있음을 확인했다.

"진짜 무슨 일이 있나?"

밤이 되어가도 떨어지지 않는 기온, 갑자기 더 더워진 날씨에 강화마루까지 끈끈하게 느껴졌다. 습하고 더운 날이었다. 나는 에어컨을 틀었다.

*

아무리 기다려도 에어컨에서 시원한 바람이 나오지 않았다. 결국 나는 관리소에 전화했다.

"에어컨이 안 되네요!"

아파트 관리인이 방문해 이곳저곳 점검을 해보더니 말했다.

"이거, 배관이 불량이네. 이런 집이 한 집 더 있었어요. 그전엔 안 틀어보신 거죠?"

"네!"

"내일 AS 팀 바로 보내드리겠습니다."

"내일요? 열대야인데요?"

나는 당황해서 말했다.

"선풍기도 없어요?"

"네, 오면서 버리고 와서, 아에 없어요."

내가 대답했다. 관리인은 거실을 둘러보더니 말했다. 거실 벽면에 가득한 웨딩사진을 보고서 말했다.

"덥겠네!"

"네?"

나는 겉으로는 아무렇지 않은 척했지만, 속으로는 불쾌했다.

'뭐야 이 아저씨!'

"게스트 룸 쓰실래요?"

나는 의아한 표정으로 물었다.

"게스트 룸이요?"

*

성준이 문자에 답을 했다.

"게스트 룸으로 오라고요?"

"어, 열대야라 게스트 룸을 쓰는 게 낫겠어."

"그거 좋네요! 감사합니다."

문자에서 그가 왜 좋다고 하는 건지, 뭐가 감사하다는 것인지 나는 순간 의아했다. 성준의 문자에서 신이 난 그의 목소리가 들리는 것 같았다.

*

성준은 전화를 끊고 말했다.
"감사합니다."
그는 계속 감사의 말을 중얼거렸다.
성준의 회사에서 동료가 성준을 보면서 말했다.
"무슨 좋은 일 있어요?"
"오늘은 게스트 룸에서 자기로 했어요."
"와! 그런 데도 있어요? 역시 커뮤니티!"
"너무 기대되네요."
"신혼이라 좋겠다."
"네 너무 좋습니다.
성준은 환하게 웃었다.

*

성준과 나는 애크로펜타스 아파트 게스트 룸에 들어서

자마자 더블베드를 보고 걸음을 멈췄다.

우리 둘 사이에 분명 미묘한 긴장감이 흘렀다.

"더블베드네요."

성준이 먼저 입을 열었다.

나는 덤덤한 척 대답했다.

"그러네."

성준이 망설이며 제안했다.

"빈방 하나 더 있나 알아볼까요?"

"아니, 그게 이상하지 않아?"

내가 반문하자, 성준은 잠시 생각에 잠겼다.

"그런가?"

"그냥 여기서 같이 자자."

내가 말했다.

"같이요?"

성준의 눈이 커졌다. 그의 머릿속에서 순간 어떤 생각이 빠르게 달리는 것 같았다.

"네!"

성준이 조금은 긴장된 목소리로 대답했다. 둘 사이에 어색한 침묵이 흘렀다.

*

그간 우리는 같은 집에서 살아도 방은 따로 써왔다. 내가 안방을 쓰고, 성준이 두 번째 방을 썼다.

서로의 숨소리는 들리지 않는 그런 상태로 우리는 함께 밤을 보내왔다. 그런데 오늘은 숨소리까지 다 들리는 한 방에서 자야 한다. 게다가 화장실도 딱 붙어 있다.

화장실 소리가 엄청 요란하게 들릴 것 같은 두려움이 엄습했다.

*

게스트 룸으로 오는 내내 커뮤니티 복도 사방에 달린 CCTV가 마치 우리가 진짜 부부인지 아닌지 지켜보고 있는 것만 같았다.

우리는 오늘 여기서 함께 잔다는 모습을 보여줘야 한다. CCTV와 그리고 여기 게스트 룸 관리인들에게 말이다.

문제는 시간이 오후 8시라는 점이었다.

"지금 자기엔 너무 이르네."

나는 갑자기 화제를 돌렸다.

"카페에서 커피 사 올까?"

성준은 의아한 표정을 지었다.

"밤에 커, 커피요? 저 커피 마시면 잠 잘 못 자는데요."

마치 내가 그의 잠을 못 자게 커피를 먹이려는 것 같은 묘한 분위기가 흘렀다. 나는 정반대의 메뉴를 생각해 내야 했다.

"그래? 그러면 우유는?"

"우유요? 저 유당분해효소 없어요. 뱃속에서 고동이 칠 걸요?"

"뱃고동?"

순간 웃음이 났다. 성준도 나를 보면서 크게 웃었다.

"어쨌든 나가자!"

"네?"

나는 성준의 표정을 뒤로하고 밖으로 나와 버렸다. 그리고 그대로 커뮤니티 카페로 걸어갔다.

정의구현

정국과 영빈은 애크로펜타스 아파트 카페테리아에 앉아 있었다. 공식적인 잠복근무다. 테이블 위에는 커피가 한 잔씩 놓여 있었다. 영빈이 커피 향을 음미하며 말했다.

"진짜 애크로펜타스는 커뮤니티 커피 향부터 다르네요. 음 럭셔리~. 공기도 시원하고!"

이윽고 영빈은 주변을 둘러보며 감탄했다.

"왜 대단지 커뮤니티가 아파트 가격을 높이는지 알 것 같습니다. 그리고 이런 식으로 잠복근무하는 거면 일종의 워라밸이 맞는 것 같습니다."

정국이 빙그레 웃으며 물었다.

"워라밸? 너는 이게 워라밸로 보이냐?"

"제, 입장에서 꿈꾸던 삶이라는 겁니다."

"네가 들어와 살아라!"

"남자끼리는 안 삽니다."

영빈이 딱 잘라 말했다.

"너 혼자 살아. 내가 관사로 나갈게."

"주소는요?"

"난 못 빼. 3년 의무거주기간이 필수야."

"그럼, 거주도 안 하면서 3년 의무거주기간 채우시고 세금 감면 받는 걸 제가 돕는 겁니까?"

정국은 당황했다.

"꿈꾸던 삶이라며."

"그러니까요. 저는 위장전입 하는 거잖아요."

"뭔 소리냐!"

"제 주민등록을 여기로 옮겨 올 수도 없잖아요."

"옮겨와 그럼. 동거인으로."

"그럼, 팀장님과 제가 동거인인데, 남자끼리 동거, 주민센터에서 요즘 게이로 알아요. 그리고 이건 엄연한 범법행위에요. 제 주소는 제 집에 그냥 둔다고 쳐요. 그럼, 제 거주지랑 주소지가 다른 거잖아요. 이게 위장전입입니다."

정국은 가만히 있다가 말했다.

"뭐냐 너. 나한테는 왜 이렇게 딱딱해."

"팀장님께서 내로남불 하시니까요!"

"내로남불?"

"본인이 하면 로맨스, 남이 하면 불륜, 그 뜻이에요. 서에서는 하루 단위로 날짜까지 따지고 용의자들 범인 만드시면서, 본인의 경우엔 사정 봐주고 무혐의 처리하고 있으시잖아요. 이번에 위장전입 사건 다 부정청약 확정하셨잖아요!"

"그건 명백한 위장전입이고."

"위장전입인 건 똑같죠."

"야! 걔들은 악의적인 동기가 있잖아."

"동기는 돈이고 방법이 악의적이죠!"

"그래! 잘났다."

영빈은 정국의 말에 인간미를 발견한 것 같아 기분이 좋았다.

"전 여기 못 들어오는 이유가 있어요."

"왜?"

"저 여친하고 동거 중이거든요."

정국은 커피 사레가 들렸다.

"뭘 그렇게 놀라세요."

"동거? 머리에 피도 안 마른 놈이."

정국은 사레가 들려 목소리도 잘 나오지 않았다. 쉰 소리가 할아버지 목소리처럼 들렸다.

"순간 우리 할아버진 줄~. 하루만 비워주세요. 하룻밤만 잘게요."

"뭔 짓을 하려고."

"알아서 잘합니다!"

정국은 계속 기침을 했다. 결국 정국은 일어나서 냅킨을 가지러 카운터로 갔다.

그 순간 자동문이 열리면서 카페 내부로 들어오는 사람이 있었다. 혜라였다. 그 뒤로 성준이 들어왔다. 정국은 숨이 다시 한번 멎는 것 같았다. 혜라와 성준도 마찬가지였다.

셋은 숨을 참은 채로 맞절을 올렸다.

*

순간 나는 자연스럽게 성준의 팔짱을 꼈다. 성준은 팔짱 낀 내 손을 턱 하고 잡았다. 정국은 본능적으로 시선을 돌려 외면하려 했다. 그사이 우리 둘의 얼굴이 빨개졌다.

영빈이 내 뒤로 와서 말했다.

"팀장님 괜찮으세요? 동거 중인 남녀가 밤에 뭘 한다고 그렇게 놀라시고! 순수하시긴!"

영빈의 말에 순간 모두가 놀랐다.

"죽을래?"

정국이 말했다.

"네!"

사실 영빈과 정국의 대화가 무슨 의미인지 파악할 겨를도 없이, 성준이 내가 낀 팔짱을 빼고 대신 내 어깨를 강하게 안으며 카운터로 이동하면서 속삭였다.

"자기 뭐 먹을까?"

"커피!"

내가 말했다.

"자기 잠 안 오면 나는 어떡하라고. 내일 출근인데."

"알아서 잘할게!"

"알았어!"

성준이 능청스럽게 말했다.

정국은 머리가 저려오는 것 같았다.

*

정국의 귀에 내 목소리가 선명하게 들렸을 것이다. 내가 그들의 대화를 들은 것처럼 말이다. 정국이 영빈과 함께 카페를 나서자, 자동문이 스르륵 닫혔다. 뛰던 내 심장도 조금 진정이 되었다. 카페 안에 남겨진 내 얼굴이 유리창에 비쳤다. 멘털이 완전히 나가 버린 당황한 표정이었다.

"설마 눈치챘을까? 그가?"

*

아파트 게스트 룸에서 밤이 깊어가고 있었다.

나는 침대 옆 테이블 의자에 앉아 있었다. 여전히 멘털이 나간 듯 머리가 멍했다. 성준은 샤워를 마치고 잠옷으로 갈아입고 나와서 바닥에 누웠다. 나는 힐끔 그를 보고는 말을 건넸다.

"잠옷을 항상 입어?"

"네!"

"내가 바닥에서 잘게."

성준은 이미 바닥에 누워 있었다.

"제가 찜했습니다."

"그럼 내가 미안하잖아."

"괜찮습니다. 편히 주무세요."

성준은 진심 어린 목소리로 대답했다.

나는 침대에 누웠다. 침대가 생각보다 푹신했다.

다시 나는 성준을 내려다보았다. 딱딱한 바닥에 푹신한

베개, 아무리 온돌이라고 해도 그가 안쓰러워 보였다.
"그럼 그냥 같이 누워서 잘래? 옆에서."
"네?"
나의 제안에 성준은 매우 당황한 목소리로 말했다.
성준의 목소리 때문에 나는 당황했다. 전혀 예상했던 반응이 아니었기 때문이다.
순간 그는 내게 돌직구를 날렸다.
"저도 남자예요."
"어?"
나는 순간 당황했다. 성준은 말을 이었다.
"저 여성분 옆에서 잠만 잘 자신이~ 없어요."
그는 잠시 말을 멈추었다가 덧붙였다.
"설레서요."
나는 얼굴이 확 달아올랐다.
그래도 뭐라도 마무리해야 할 것 같았다. 실내의 공기가 후끈 달아오르는 것 같았다.
"잘 자라."
내가 찾은 최선의 마무리였다.

*

그렇게 나와 그가 각각 누운 채 꽤 시간이 흘렀다.

그러다 잠에서 깼다. 그런데 내 옆에 누군가 누워 있었다. 나는 설마 하면서 옆을 보았다.

성준이 내 옆에 누워 있었다.

어두운 상태에서 성준이 나를 보고 있는 것 같았다. 하지만 이윽고 나는 그게 그의 짙은 속눈썹이라는 것을 알 수 있었다. 큰 눈에 긴 속눈썹, 어두운 곳에서 마치 실눈을 뜨고 있는 것처럼 보였다.

나는 성준을 찬찬히 보았다. 짙은 속눈썹 위에 짙은 눈썹이 보였다. 그 사이로 오뚝한 콧날로 내려온 내 시선은 그의 입술에 머물렀다. 그의 입술은 선명했다. 입술에서 넘어간 내 시선은 턱선에 머물렀다.

그때였다. 성준이 눈을 떴다.

나는 성준과 눈이 마주쳤다.

나는 이 상황에 맞는 말을 찾아야 했다.

"몽유병이 있니?"

"죄송합니다."

성준은 자신이 왜 침대 위에 있는지 모르는 듯했다. 당황한 듯 허둥지둥 침대에서 내려가다가 미끄러지며 뚝 떨어졌다.

"괜찮은데. 그냥 자."

"죄송합니다."

성준은 재빨리 뒤를 돌아, 자는 척했다.

그렇게 밤은 깊어지고 있었다.

*

아침 햇살이 애크로펜타스 아파트의 게스트 룸 창문을 통해 슬며시 들어왔다. 성준과 나는 침대의 위와 아래에서 자고 있었다. 방바닥에는 맥주 캔 열 개가 무질서하게 나뒹굴었다. 결국 내가 어젯밤에, 편의점에 가서 맥주를 사 왔기 때문이다. 내가 돌아왔을 때 성준은 문소리에 깼다면서 반듯하게 앉아서 맥주 마실 준비를 하고 있었다.

30대 초반의 남자와 30대 중반의 여자가 한 공간에서 아무 일 없이 밤새 잠만 잔다면 그것도 비정상일까? 내 결론은 사람마다 생각과 성향이 다르니 어떤 결과이든 정상이라는 것이다.

*

내가 눈을 떴을 때 다른 급한 문제가 뱃속에서 벌어지고 있었다. 알코올 기운이 징에 디다른 이후 어제도 줄곧 화장실을 들락거렸다. 이 게스트 룸의 구조적인 문제가 화장실 물소리가 서라운드로 들린다는 것이다. 밖에 나가서 화장실을 가야 하나 생각했지만, 입구를 열면 그것도 소리가 크게 났다. 화장실에 가고 싶은 것을 참다가 도저히 못 참겠다고 느낀 나는 조심스럽게 침대에서 기어 내려갔다.

그 순간, 성준이 몸을 뒤척이며 그대로 내 쪽으로 돌아누웠다.

"아~."

나는 놀라서 소리쳤다.

"어~."

순간 나는 중심을 잃었고 성준의 벗은 몸 위로 넘어졌다.

"미안해!"

"괜찮으세요?"

내가 먼저 말했는데, 거의 동시에 성준도 물었다.

누가 이 순간, 이 장면을 보았다면 딱 봐도 내가 그를 덮치는 것으로 오해할 것이다.

나는 당황해서 버둥거리며 성준의 몸 위에서 옆으로 굴러 일어났다. 순간 내 뱃속에서 전쟁 소리가 났다. 퍽퍽, 우르르, 분명 성준도 들었을 것이다.
 "배 아프세요?"
 "어!"
 나는 너무 민망해서 서둘러 화장실로 들어갔다.

 *

 나는 화장실에 들어왔는데 배가 아픈 것보다도 화장실 소음이 걱정되었다. 세면대와 샤워기 물을 양쪽으로 틀기로 했다. 곧 쏴아 소리가 들렸다.
 "소리가~ 새어 나가면 안 된다."
 나는 주문을 외우듯 중얼거렸다.
 "백색소음은 진리다. 휴~."
 그렇게 나는 긴급사태를 마무리했다. 내가 방으로 나왔을 때 성준은 이불을 뒤집어쓰고 자고 있었다.
 나는 침대에 조심스럽게 올라가서 누웠다. 그리고 곧바로 다시 잠에 빠져들었다.

 햇볕이 내리쬐는 경찰서 주차장에서 정국은 스마트폰을 귀에 대고 누군가와 통화하고 있었다.
 "팔아달라고요!"
 ─안 됩니다.
 세무사의 단호한 목소리가 수화기 너머로 들려왔다.
 "왜 안 되나요?!"
 ─가지고 계세요. 대출도 없으니 의무거주기간 채우고 파셔야지 지금 팔면 세금 폭탄 맞습니다.
 정국은 미간을 살짝 찌푸리며 물었다.
 "세금 차이가 큰가요?"
 ─지금 상태에서는 최소 6억 이상 나와요.
 세무사의 대답에 정국의 눈꺼풀이 파르르 떨렸다.
 "알겠습니다."
 정국은 통화를 마치고 스마트폰을 주머니에 넣으며 잠시 생각에 잠겼다.
 '세금은 내면 되는데, 다른 게 문제다!'
 정국은 세무사에게 마땅히 둘러댈 다른 이유도 없었다. 세무사는 정국의 집안에서 붙인 사람이다. 증여의 전 과정을 진행했고, 정국은 어떻게 진행되었는지 모르고 서명했었다. 당시 정국은 누군가와 결혼 할 생각이었고, 그래서 집이 필요했다. 물론 지금은 결혼 생각이 없다. 왜 이렇게 되었는지는 잘 모르겠다.

*

경찰서 내부로 정국이 들어서자, 영빈이 바로 정국을 향해 다가왔다. 영빈은 서류 뭉치 하나를 정국에게 내밀었다.
"강혜라 씨 원래 아시던 분이죠?"
"어?"
"묵례하는 것을 보고 아는 분이라 그런가보다 생각했는데, 팀장님 표정이 이상했어요!"
"뭐가?"
"그 여자분 보는 표정이 뭔가 애잔하다고 할까?"
"쓸데없는 소리는!"
정국은 자신의 자리로 가서 앉았다.
"강혜라 씨 팀장님 전 여친 맞으시죠?"
영빈이 돌직구를 날렸다. 정국에게는 별로 듣고 싶지 않은 얘기였다.
정국은 잠시 심호흡을 하고는 말했다.
"아니야!"

"아닌 게 아닐 텐데요, 3년 전인가 생전 SNS 안 하시는 팀장님이 SNS 보는 법 물어보셨잖아요. 그때 부동산 SNS 그게 생각났어요!"

"기억력도 좋다. 그걸 어떻게 기억하냐."

정국은 영빈의 기억력에 감탄하듯 말했다.

"관심 있으신 분이구나 생각했죠! 그런데 다른 분과 결혼하셨다니 안타깝습니다."

정국은 갑자기 기분이 나빠졌다.

"됐다. 쓸데없는 얘기 하지 말고 일해!"

"일 얘긴데요, 신혼부부 전수조사 진행하면서 저는 SNS 꼭 찾아보거든요."

영빈이 말을 이어갔다.

"강혜라랑 이성준은 예비부부로 청약해서 전수조사 대상이 된 거잖아요."

"그런데?"

"그 SNS에 결혼사진이 없었습니다."

"뭐?"

정국은 당황스러웠다.

"혹시 결혼식을 안 했을까요?"

"결혼식을 안 했을 수도 있겠지. 요즘 합리적 소비로 둘이 스몰웨딩 많이 하잖아."

"여기도 위장결혼 아닐까 하는 합리적인 의심은 안 드세요?"

"안 들어!"

정국은 1602호에서 마주한 모습과 혜라가 남편의 팔짱을 끼던 모습 등을 떠올리며 둘이 부부가 맞겠다고 확신하고 있었다.

"위장이혼은 빼박 증거만 찾으면 되는데 위장결혼은 빼박 증거랄 게 없어서 난감합니다. 그래서 말씀인데요, 현장 조사 어떨까요?"

"현장 조사?"

"앞집, 같이 가실 거죠? 팀장님 담당이기도 하고요!"

"미쳤냐?"

정국은 영빈의 제안에 숨은 뜻이 있다는 생각이 들었다. 사실 부정청약 전수조사하면 대체로 경찰서로 소환하는 것이 일반적이다. 대부분 초범이라 공포에 질린 표정으로 입장해서는 현장에서 무릎 꿇고 비는 사람도 있고, 시치미 뚝 떼고 묵비권을 행사하는 사람도 있다. 변호사도 있었는데 법률 조항 따지면서 무혐의를 주장하기도 했다. 제일 진상은 높은 사람 안다고 큰소리치는 사람이었는데 대체로 결정적인 증거를 들이밀었을 때 결국 자백 하기 시작했다. 그런데 현장 조사를 하는 영빈의 제안이 좀 뜬금

없었다.

"너 무슨 꿍꿍이야?"

"전 여친 신혼집 궁금하실 것 같아서요."

정숙은 영민을 바라보며 한심하다는 듯 말했다.

"변태야? 넌 전 여친 신혼집이 궁금하냐?"

"네, 초대해 주면 기꺼이 갑니다. 초대 안 해줘도 선물이라도 보내고 싶네요."

"왜?"

"응원하고 싶어서요. 더 잘 살라고요!"

"뭐? 네 세계관은 정말 모르겠다."

"알려고 하시면 쥐 나실 거예요. 저는 MZ라서요."

"특이한 MZ."

"다녀오겠습니다!"

"바로 가냐?"

"이 정도면 긴급체포 건이죠."

"무슨 부정청약 대상자가 긴급이야?"

"사진 많이 찍어 올게요."

"사진 찍지 마, 그거 초상권 침해야."

"현장점검을 나가서, 어떻게 사진을 안 찍어요?"

"어, 그냥 네가 판단해. 결재는 해줄 테니까!"

"알겠습니다!"

"너 가서 쓸데없는 소리 하지 마라."

"무슨 쓸데없는 소리요?"

"나 본 적 없냐, 뭐 그런 거."

"오늘은 다른 데 가는데요?"

정국은 그제야 영빈이 자신을 놀리고 있다는 사실을 깨달았다.

"야! 너 좀 맞자!"

"직장 내 가혹행위입니다."

정국은 영빈에게 약이 바짝 올랐다.

"맞고 옷 벗자."

"성희롱인데요."

"그 뜻이 아니잖아. 옷 벗는다는 말은 직책을 내려놓는다는 뜻이고."

"전 월급이 필요해서요. 벗을 거면 혼자 벗으세요."

"야! 어디 가?"

"팀장님 윗집이요."

"윗집?"

"범죄 소굴에 사셔. 역시 팀장님은 경찰이 숙명인가!"

"가라~ 혼자 가라고!"

영빈은 씩 웃고 나간다.

"다녀오겠습니다!"

위장이혼

나는 성준과 방 안에서 부정청약 수사 결과 보도자료를 읽는 중이었다.

"정말 다양하네요."

"그러네."

"전에는 못 봤던 케이스도 많네요."

"최근에 업데이트된 자료니까. 국토교통부에 홈페이지에 더 올라와 있더라고."

"우리는 걸리는 게 없네요. 서류도 완벽하고, 공문서를 위조하지도 않았고, 위장전입 해서 부양가족을 늘리지도 않았고 말이죠."

"그런데, 앞집에 부정국이 사는 게 문제지!"
"아무 일 안 생기게 해야죠."
"그러면 좋겠네요!"

나는 성준을 보면서 말했다. 성준과 이렇게 같은 공간에 있는 것도 신기했지만, 사람을 못 믿던 내가 마음으로 성준을 의지하게 되었다는 사실이 신기했다.

*

영빈은 뛰어 들어와서 정국에게 보고하는 중이었다.
"1701호, 위장이혼이 확실합니다."
"우리 윗집? 그 층간소음! 그 집 말이지?"
"네!"
"그 남편이 1701호에서 아예 같이 살고 있는 것 같습니다. 물론 점검할 때는 없었지만요. 둘은 작년에 갑자기 이혼신고를 했는데, 이혼 전날도 셋째 돌잔치가 있었는지 그 사진이 SNS에 떠 있습니다."
"그래?"
"제가 불시방문 할까요?"
정국의 안색이 불편해졌다.
"애들이 놀라지 않을까?"

"그건 그렇죠."

"싸워서 홧김에 이혼했다가 합칠 수도 있지 않나?"

"그것도 그렇죠!"

"아! 신싸."

정국은 머리를 싸매고 고민에 빠졌다.

"한부모가정 가점이 몇 점이지?"

"5점이요."

"세 자녀도 가점이 있지."

"네!"

"가점에 가점을 더한다. 그것 때문에 이혼했을 수도 있다는 심증은 확실한데~."

영빈은 정국은 서로 난감했다.

"그런데요, 이게 사실을 알아도 불편하고 몰라도 불편해요. 사실 저도 이 일을 하면 할수록 불편합니다."

"불편하다!"

"팀장님도 불편하신 거죠?"

"불편은, 다 원칙대로 해. 그게 우리 일이야."

영빈이 정국을 똑바로 보며 말했다.

"장발장이 빵을 훔친 이유 아세요?"

"뜬금없이, 무슨! 장발장이야."

"굶어 죽기 직전의 누나와 어린 조카 일곱 명을 살리기 위해서였어요."

정국은 영빈의 말이 불편한 듯 말했다.

"굶어 죽기 직전이 사람들이 강남에 아파트에 사냐? 이건 경우가 다르잖아."

"그건 그런데. 그 집 애들 셋 기억하시죠?"

"애들 셋? 맨날 뛰는 윗집 애들?"

"그 집 초등학교 들어간 큰아이랑 돌 지난 셋째까지 있는 거 아시잖아요."

영빈의 목소리가 조금 가라앉았다.

"여기서 나가면 어디로 갈지, 이 겨울에, 전셋값도 폭등 중인데… 길거리로 나앉아요?"

"너… 개인감정 섞지 마. 전셋값도 폭등 중이면 강북으로 가고, 거기도 비싸면 경기도로 가면 돼."

정국이 단호하게 말했다.

"팀장님은 자녀가 없어서 모르시네요, 정말."

"야! 감정 섞지 말랬지?"

영빈은 다시 상황에 감정적으로 몰입했다.

"전학도 안 해보셨죠? 이사 갈 일은 없으셨고요. 학교는 전학 가고, 친구들하고 이별하고…."

"정영빈. 우린 일하는 거야!"

"그렇죠, 그런데."

영빈이 머리를 긁적이며 말을 이었다.

"따지고 보면, 이게 사람 사는 일이더라고요."

정국과 영빈의 시선이 마주쳤다. 정국은 단호하게 말했다.

"접어라. 그렇게 따시면 살인자는 사연이 없겠냐?"

"아닙니다. 원칙대로 하겠습니다. 저도 월급 문제랑 마이너스 통장, 전세자금 대출 건도 있고요!"

정국과 영빈, 둘 사이에 무거운 침묵이 내려앉았다.

*

정국은 엘리베이터 버튼 패널 앞에 서서 올라가는 버튼을 누른 뒤 기다리고 있었다. 하필 그때 현관이 열리며 갑자기 아이들 셋이 우르르 엘리베이터로 앞으로 뛰어들었다. 동시에 엘리베이터가 도착했고, 아이들은 먼저 엘리베이터에 탔다. 정국의 뒤로는 막내인 셋째 아이를 품에 안은 엄마가 따라 들어와 17층 버튼을 눌렀다.

정국도 16층을 눌렀다.

아이 중 하나가 고개를 들어 엄마를 올려다보며 물었다.

"엄마, 아빠는 언제 와?"

엄마는 부드러운 미소를 지으며 대답했다.

"밤에 오시지."

아이의 얼굴이 환하게 밝아졌다.

동시에 정국의 얼굴은 어두워졌다.

'밤에 오시는구나!'

아이가 생각만 해도 즐겁다는 표정으로 말했다.

"아빠 오면 놀이터에서 같이 놀아야지!"

"아빠가 그렇게 좋아?"

엄마가 아이의 머리를 살며시 쓰다듬으며 물었다.

아이는 씩씩하게 고개를 끄덕이며 대답했다.

"응, 아빠 좋아!"

정국은 그 모습을 바라보며 잠시 생각에 잠겼다.

"봐버렸네, 결국."

정국은 고개를 숙였다. 정국은 16층에 내렸다. 정국은 엘리베이터 문이 완전히 닫힐 때까지 아이들을 바라보았다. 아이들은 손을 흔들었다. 어느새 정국도 아이들에게 손을 흔들고 있었다. 17층에 멈춘 엘리베이터가 그대로 있었다. 정국은 가만히 서 있다가 아래로 내려가는 버튼을 눌렀다. 그는 다시 경찰서로 돌아가고 싶었다.

*

경찰서 어두운 사무실에 정국 혼자 들어왔다. 불빛이라

고는 책상 위의 작은 스탠드 조명뿐이었다. 그 불빛 아래서 정국은 깊은 생각에 잠겨 있었다. 오늘 있었던 사건의 조각들이 그의 머릿속에서 맴돌았다. 무언가 빠뜨린 것이 있다는 느낌, 자신이 경찰로서 사신이 생각의 중심을 잡지 못하고 있다는 생각이 들었다.

정국은 눈을 감고 본래의 자신으로 돌아가기 위해서 과거를 떠올려 보았다. 정국을 거쳐 간 사건 현장의 냄새, 소리, 피해자의 표정까지 모든 것이 선명하게 떠올랐다.

"난 경찰이야. 사회 정의 구현!"

그리고 그 순간, 자신이 놓치고 있던 것이 무엇인지 깨달았다. 정국은 마음을 다잡고 부정청약자 파일을 펼쳤다. 이제야 어떻게 해야 하는지 방향이 보이는 것 같았다.

*

영빈은 정국에게 다른 사건 브리핑을 하고 있었.

"부적격자로 추정되는 박유연 씨는 2주택을 소유한 남편과 8년 전 결혼 후 두 자녀를 낳고 함께 양육하고 있는 정상적인 부부입니다. 하지만 현재까지 혼인신고는 되어 있지 않습니다."

"혼인신고를 안 하고, 그럼 애들은?"

"미혼모 신분으로 낳은 거죠. 그럼, 미혼모 지원금이랑 양육비 지원도 받았겠네요."

"받았을 거야. 계속해 봐."

"박유연 씨는 미혼모가 아니라, 정지훈 씨와 사실혼 관계로 신혼부부 특별공급(한부모가정)에 청약하여 당첨되었으나, 신혼부부 인정 기간은 7년입니다. 때문에, 부적격자로 보고 당첨 무효로 처리해 후속 조치를 하는 게 맞다고 판단됩니다."

"그래. 사실혼 관계에 있는 미혼자는 공급 대상에서 제외하는 조항만 봐도 부적격자 맞지."

"맞습니다."

"번복할게. 그 미혼모 지원금이랑 미혼모 양육비 지원금 받았는지 확인은 하지 마."

"왜? 왜요?"

"받아서 애들 키웠겠지. 지금 출산율도 저조한데, 그건 우리 소관 아니니까 더 파서 문제 삼지 말라고."

"알겠습니다."

"우리는 우리 일만 하자고."

"알겠습니다."

Cookie 14. 위장이혼 사례

G씨는 남편 및 두 자녀(男 8세, 女 6세)와 함께 남편 소유의 아파트에서 거주하다가, 남편과 협의 이혼한 후에도 계속하여 동거인으로 거주하고 있으며, 이혼 후부터 9회에 걸쳐 무주택자로 청약하여 고양에서 공급하는 주택에 청약 가점제 일반공급으로 당첨됨

* 이혼하지 않으면 무주택기간 점수는 24점 → 0점

(출처:국토교통부 보도자료)

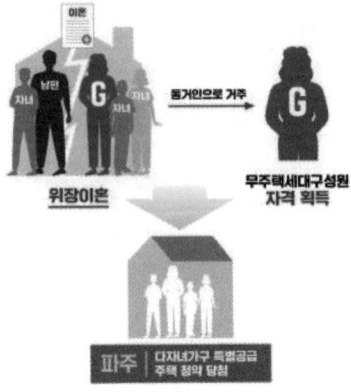

G씨는 남편 및 세 자녀(女 18세, 女 17세, 男 14세)와 함께 남편 소유의 파주시 아파트에서 거주하다가, 남편과 협의 이혼한 후에도 계속하여 동거인으로 거주하고 있으며, 이혼 2개월 후 파주(운정신도시)에서 공급하는 다자녀가구 특별공급 주택에 청약하여 당첨됨

* 모든 특별공급은 무주택세대 구성원만 청약 가능

(출처:국토교통부 보도자료)

부적격자 vs 적격자

나는 출근을 하고 성준은 집에 있는 날이었다. 나는 차마 발걸음이 안 떨어져서 성준의 방 앞에서 서성거리고 있었다.

"일어났을까? 아니면 자고 있을까?"

나는 성준의 방문에 귀를 대고 있었다. 그때 현관문이 열리고, 성준이 들어왔다.

"일어나셨어요?"

"어! 나갔다 왔어?"

"네, 아침 운동 좀 하고 왔어요."

그는 잠을 설치고 좀 답답했던 모양이다. 성준에게서 땀 냄새가 났다. 자세히 보니 옷도 좀 젖어 있었다.

"저 좀 씻을게요."

"아침은?"

성준은 손에 든 포장된 브런치를 들어 보였다.

나는 환하게 웃어 보였다. 이 순간 우리는 누가 봐도 신혼생활 그 자체였다. 각방 쓰는 것만 빼고 말이다.

*

나는 '강남원주민부동산' 내 자리에 앉아 있었다. 그간 이사도 있었고, 평소 같으면 애크로펜타스 전세 계약으로 바빴을 시기지만, 이제 지혜와 미영도 자기의 몫을 충실히 하고 있다. 특히 애크로펜타스 계약 건은 내가 직접 중개하지 않는다. 고객들을 커뮤니티에서 만나기라도 하면 서로 불편해질 것이기 때문이다.

게다가 나는 애크로펜타스로 최소 5억을 벌었다.

그리고 성준이 덕분에 아버지 사망 보험금 2억도 되찾았다. 내가 모은 돈까지 이 집에 들어 있으니 최소 9억의 자산이 있었다. 9억이라는 자산이 주는 충만함과 만족감이 나의 사고를 조금 더 여유롭게 만든 것 같다. 부동산 내 자리 액자 위에 쓰여 있는 초심, 이미 난 초심을 잃었는지도 모른다.

그때였다. 내 오랜 고객 전승민 님이 나를 찾아왔다.

"안녕하세요. 사모님."

"어! 잘 지냈어요?"

"네~."

전승민 님은 영포한강 아파트에 총 세 채의 25평 아파트를 가지고 계신 건물주다. 한 채는 본인이 생활하고 나머지 두 채에서 받는 월세로 생활한다. 영포한강 아파트는 10년 차 아파트지만 관리가 잘되어 있고, 대체로 서초구 인근 변호사, 의사, 고위공무원들이 거주하기 때문에 월세도 높게 형성되어 있으며 떼일 염려도 없다.

"어떤 일로?"

"그냥 왔지. 뭐."

나는 전승민 님에게 뭔가 일이 있다고 생각했다. 집 두 채 월세는 내가 관리해 드리지만, 일이 없을 때는 전화 한 번 없으신 깔끔한 분이고, 또 쓸데없이 남의 귀한 시간을 빼앗지 않는다는 예의를 갖고 있는 분으로 기억한다.

"우리 앞집 말이야?"

"서울 시프트라는데…."

"네."

"알고 있었어?"

"아! 앞집이 그런 줄은 몰랐어요."

"20년 동안 살 수 있다는데 그것도 80%로, 근데 말이 돼?"

"아, 그게 여기 단지 재건축할 때 서울시에 10%를 시프트로 줬어요."

"싸게 사는 사람들이 있다는 말이 그 말이었구나."

"네~."

"그 사람들이 집을 막 써."

"네에?"

"우리 집 앞에 지금 짐이 한 짐이야."

"복도 말씀이세요?"

"응."

*

나는 고객님이 걱정하는 것이 무엇인지 알아보기 위해서 같이 나섰고, 이내 그 집 앞에 도착했다.

"이게 다 그 젊은 부부 짐이야."

"여기 얼마에 사신다고요?"

"3억! 3억이라고!"

"직접 물어보신 거예요?"

"아니, 여기 위층에 교회 같이 다니는 사람이 그걸로 들어왔거든. 거기서 말해 줬어. 그이가 노부모 특별공급으로 3억에 있다고 하더라고. 고마워서 집도 깨끗하게 쓰고 솔선해서 쓰레기도 줍고 하거든. 근데 이 사람들은 개념이 없어. 여기 이 꼴을 해놓은 것만 봐도 그래. 얼마 전에는 커뮤니티 사우나에서 물을 아예 틀어놓고 때를 미는 걸 내가 봤어. 이 집 새댁이 좀 개념이 없어."

"그래요?"

*

서울형 시프트는 20년 장기전세다. 부동산 폭등기 이전에 여기로 들어온 사람들은 약 2억 정도에 전세를 구했다. 1년에 최대로 올려 받는 전세금은 5%, 그럼 이분들은 3억이 안 되는 돈으로 13억짜리 전세를 사는 것이다. 자그마치 20년 동안 말이다.

"고발해 드릴까요?"

고객을 위한 내 제안에 전승민 님은 잠시 깊이 고민했다.

"고발하면 내쫓을 수 있을까?"

"글쎄요. 내부 사정은 모르는 거니까 뭐 제보를 하면 수사하고 알아서 처리하겠죠."

"우선 민원을 넣어볼까?"

나는 전승민 님의 폰으로 서울 시프트에 문의했다. 전

승민님의 딸로 위장하고 말이다.

"우리 단지에 부정하게 입주한 사람이 있는 것 같아서요. 확실합니다."

—어디죠? 정확히 어떤 내용으로 제보를 주셨는지 알려주세요. 나는 들은 내용을 상세히 전했다.

*

얼마 후 전승민 님이 우리 부동산에 다시 찾아왔다.
표정이 더 어두워졌다.

"어떻게 결과는 나왔어요?"

"우리 윗집하고 다른 거래. 그래서 문제없다고."

"다른 거요?"

"철거민 특별공급이라는데? 그래서 문제없대."

"철거민 특별공급이요?"

참 우리나라에는 특별공급도 많다. 부동산 문제를 해결해 보려고 누군가 고민한 결과일까? 아니면 정치 행위의 부산물 같은 것이었을까? 내가 알아본 철거민 특별공급은 브로커들의 먹잇감으로 쓰였다. 방법은 우선 브로커들이 철거가 예정된 주택을 미리 사둔다. 그리고 서울 시프트로 입주를 원하는 무주택자에게 웃돈(프리미엄)을 붙여

판다. 일명 시프트 딱지인데, 정상적으로 등기를 마쳐서 주인이 된 사람들이기 때문에 절차상 하자 없이 특별공급 신청 자격을 얻는 것이다.

철거 예정인 가구의 시장 가격에 2천에서 5천만 원 정도를 붙인다. 5천만 원을 내고서라도 철거 예정 가구를 사는 이유는 사는 동안 소득이 높거나 집을 취득해도 아무 상관 없이 최대 20년까지 장기전세로 고급 아파트에 거주할 수 있기 때문이다. 정말 뛰는 놈 위에 나는 놈이 있는 세상이라는 생각이 들었다.

젊은 부부는 13억짜리 전세를 3억에 살고 있다. 10억을 싸게 사는 셈이다. 게다가 이들이 아파트를 취득하든 소득이 높든 아무런 문제가 없다. 철거민 특별공급이니까. 결국 이 바닥은 정보력 싸움이었다. 나라의 법망을 피해 가며 돈을 버는 브로커들, 어쩌면 그들이 자본주의를 더 현명하게 살아가고 있는 것은 아닐까? 애초에 그런 구멍 뚫린 법망을 만든 사람들 잘못이라는 생각이 들었다.

나는 부정국 씨가 내 앞집으로 이사 오지만 않았어도 3년 동안 마음 편안하게 살 수 있었으리라. 이 얄궂은 운명의 장난이 참 원망스러웠다.

Cookie 15. 장기전세주택 서울 시프트

전세난에 지친 주택 수요자들을 위해 월 임대료 없이 전세계약으로 공급하는 임대주택이다. 일명 시프트라고 불리며, 주변 시세보다 최대 80% 저렴한 임대료에 최장 20년까지 안심하고 거주할 수 있다.

임대기간: 기본계약 2년(2년마다 재계약 가능, 최장 20년)
공급규모: 전용면적 84㎡ 이하
임대조건: 보증금(주변 전세 시세의 80% 이하 수준)

* 파격적인 가격
주변 전세 시세의 80% 이하에 불과한 가격이다.

* 최장 20년에 이르는 전세기간
2년마다 돌아오는 전세기간 만료를 더 이상 염려할 필요가 없다. 최고 20년까지 안심하고 거주할 수 있으며, 주택임대차보호법 및 동법 시행령에서 정한 바에 따라 전세금이 인상된다.

* 매월 임대료를 내지 않는 편의성
매월 내는 임대료를 전세금으로 환산했다. 입주자에게 유리한 이자율을 적용·환산함으로써 결과적으로 전세금을 인하했다.

* 입주 후에도 쓸 수 있는 청약저축 통장
청약저축 통장을 요구하는 것은 입주 자격을 확인하기 위한 절차에 불과하다. 입주 후에도 분양 주택에 자유롭게 청약할 수 있다.

*** 분양 주택과 동일한 품질**

설계부터 시공, 마감까지 분양주택과 동일한 건설사가 동일한 방법으로 짓는다. 같은 단지에 분양 세대와 함께 생활한다.

*** 신뢰할 수 있는 SH공사의 철저한 관리**

SH공사가 불편함이 없도록 항상 철저히 시설물을 유지, 관리한다. 전세금을 돌려받기 위해 신경 쓸 필요가 없다.

(출처: 서울특별시청/분야별정보/주택건축/역세권 장기전세주택)

가짜 시월드

정국은 야근을 마치고 아침에 집으로 돌아왔다. 엘리베이터에서 내려 16층에 내렸다. 1601호를 누르는데 1602호 앞에 낯선 아주머니가 기웃거리는 모습이 눈에 들어왔다. 아주머니는 스마트폰을 보았다가 다시 문을 보았다가 무엇인가 망설이는 듯한 표정으로 서 있었다.

"어디 오셨어요?"

정국이 친절하게 물었다. 아주머니는 정국을 돌아보며 대답했다.

"1602호, 116동 1602호 주소 여기 맞죠?"

"맞습니다."

정국이 고개를 끄덕였다.

"근데 전화를 안 받아."

아주머니의 목소리에서 걱정이 묻어났다. 정국은 도움을 주려는 듯 제안했다.

"며느님한테 해보세요."

그 말에 아주머니의 표정이 갑자기 혼란스러워졌다.

"며느리?"

그 혼란스러운 표정에 정국은 당황했다.

"이 집 신혼부부 사는데요."

아주머니는 뭘 잘 모른다는 듯 정국에게 말했다.

"우리 아들이 회사 실장이랑 사는 집이에요."

"네? 실장요?"

정국은 당황한 기색을 감추지 못했다.

"하기야 아파트는 앞집에 누가 사는지도 모른다더니."

아주머니는 이해한다는 듯 중얼거렸다.

정국은 더욱 혼란스러워졌다.

"신혼부부 맞을 건데요?"

"뭘 잘못 아셨나 보네. 남자끼리도 결혼하나?"

아주머니의 얼굴에도 의문이 가득했다.

서로 다른 정보를 가지고 있어 대화가 맞물리지 않는 상황이 연출되고 있었다. 아주머니는 정국에게 문자를 보여주었다.

"116동 1602호, 우리 아들 이름 이성준이에요."
"맞네."
"맞죠? 연락이 안 돼서 그러는데, 냉장고 좀 빌릴 수 있어요?"
"냉장고요?"

*

정국의 냉장고에 성준의 엄마가 반찬을 채우고 있었다.
"냉장고가 생수밖에 없네."
"네!"
"오늘은 딱 밥만 해서 김치랑 반찬하고 먹어봐요. 나머진 우리 아들 오면 가져가라고 할게."
"괜찮습니다!"
"아니야. 이건 이웃사촌 드세요. 냉장고 빌려주셨잖아~! 재료비가 전기세도 안 돼!"
정국은 단호하고도 공손하게 거절했다.
"정말 괜찮습니다."
그때 성준 어머니의 스마트폰에서 전화벨이 울렸다. 성준의 전화였다.
"엄마! 우리 집 앞이라고?"

"앞집!"
"앞집?"
전화기 너머로 성준의 목소리가 들려왔다.

*

정국은 냉장고 속에 성준의 어머니가 결국 두고 간 반찬을 보고 있었다. 혜라가 며느리인 줄도 모르고 직장 동료와 살고 있는 줄 아는 시어머니라니, 정국은 비로소 혜라가 가짜로 신혼부부 행세를 하고 있을지도 모른다고 생각했다. 하지만 정국의 생각이 흘러간 곳은 혜라와 성준의 결혼생활이 아닌 자신의 엄마 쪽이었다. 외부에서 보면 정국은 아버지에게 강남 재건축 아파트를 증여받은 금수저다. 겉으로 드러나는 정국의 집안은 그저 부러움의 대상이었다. 하지만 속은 썩어 있다. 정국의 부모님은 정국이 열 살 때 이혼하셨다. 사실 이혼의 모든 이유는 아버지가 첫사랑과 다시 만나기 시작하면서부터였다. 첫사랑과의 재회를 가장한 불륜이었다.

본래 정국의 어머니는 서울의 유명한 건물주의 큰딸이었다. 서울 명문대에서 성악을 전공하고 국내외 공연을 관람하고, 명품 쇼핑을 하는 것이 취미였다. 그런 정국 어머니는 아버지에게 반해버렸다. 부동산 큰 손이었던 외할아버지는 큰딸의 성화에 못 이겨 결혼을 허락했고 많은 재산을 증여했다. 그리고 10년간 결혼생활에는 아무 문제도 없었다. 하지만 정국의 아버지가 첫사랑과 불륜을 저질렀고, 어머니도 곧 그 사실을 알게 되었다. 아버지가 이혼 선언을 했기 때문이다.

정국의 엄마는 배신감을 이기지 못해 해외로 떠났고, 새엄마가 어린 정국을 키웠다. 딸 둘을 데리고 들어온 새엄마가 노리는 것은, 정국 아버지의 사랑이 아닌 재산이었다. 새어머니는 정국의 아버지가 있을 때와 없을 때의 행동이 달랐다.

그리고 정국의 엄마가 미국에서 사망했다는 소식을 들었다. 이모가 전해 준 엄마의 사인은 자살이었다. 정국은 엄마의 사망으로 건물을 상속받았다. 그렇게 시간은 흘렀고, 결혼 적령기가 되어 독립한 정국에게 아버지는 결혼 준비를 위해 재건축 중인 아파트를 증여했는데, 그 아파트가 바로 애크로펜타스다.

*

나와 성준은 거실에 나란히 서 있었다. 우리 앞에는 성준의 어머니가 서 있었다. 성준의 어머니는 성준과 나를 여러 번 번갈아 보았다.

"결혼했다고? 이분이랑?"

성준은 고개를 숙이며 조심스럽게 대답했다.

"네, 사정이 있었어요. 나중에 말씀드리려고 했는데."

나는 성준과 함께 고개를 숙이며 작은 목소리로 말했다.

"죄송합니다."

"반반결혼, 계약결혼 그런 거야?"

"네에? 어떻게 아셨어요?"

나는 성준의 엄마가 신세대들의 결혼 방식을 알고 있다는 것이 신기했다.

"드라마 봤지!"

갑자기 성준 어머니의 얼굴에 환한 미소가 번졌다.

"잘했다. 잘했어. 아이고, 잘했다."

"정말 죄송합니다."

"반반 만나서 하나 되게 결혼이지 뭐 있어? 반반결혼도 잘한 거고, 계약결혼도 잘한 거야. 결혼은 다 잘한 거야."

성준의 어머니는 마치 오랜 기도가 응답받은 듯 두 손을 모으고 하늘을 올려다보며 중얼거렸다.

"아이고 부처님, 하느님 감사합니다."

갑작스러운 반응에 성준과 나는 서로를 쳐다보았다.

성준의 어머니는 기쁨을 참지 못하고 나에게 다가가 꼭 안았다. 마치 독립운동가처럼 두 팔을 번쩍 들어 올리며 외쳤다.

"대한민국 만세다!"

나는 그저 얼떨떨한 표정으로 성준 어머니의 품에 안겨 있었다. 예상했던 반응과는 다른 열렬한 환영에 나는 어떻게 대처해야 할지 난감했다. 하지만 난 성준 어머니의 품이 마치 내 어머니의 품처럼 너무나 따뜻했다.

*

정국은 거실에 혼자 앉아 있다가 세무사에게 전화를 걸었다.

"파는 쪽으로 결정했습니다."

─그게 말입니다.

"왜요?"

─이사님.

"그렇게 부르지 마세요. 저 진짜 아버지랑 의절했어요."

─그래도 대표님의 제1 상속권자세요.

"그 여자분이 있잖아요? 결혼까지 하신."

─혼인 기간이 길지 않고, 현재 친자는 부정국 이사님

한 분뿐이세요. 변호사가 유언장도 작성했습니다. 그런데 거기 조건이 달려 있습니다.

"무슨 조건이요?"

―아시잖아요. 결혼해야 하는 조건이요.

"그렇죠."

―결혼정보회사에서 아직 소개팅 중이시죠?

"아니요."

―대표님께서 알면 역정 내십니다.

"내든 말든."

―그냥 가지고, 정 싫으시면 3년 후에 파시죠.

정국은 한숨을 내쉬며 대답했다.

"왜 결혼해야 합니까?"

―정말 모르시겠어요?

"네!"

―불안해하세요.

정국은 통화를 마치고 잠시 생각에 잠겼다.

*

싱크대 문을 열었는데 햇반이 떨어졌다. 배에서는 꼬르륵 소리가 들렸다.

영빈에게서 문자가 왔다.

—지금 근처에서 잠복 마치고 늦은 저녁 먹고 있습니다. 오실래요?

—아니.

—뭐 포장해다 드릴까요?

—오지 마.

—쉬십시오!

*

정국은 햇반을 꺼내 전자레인지에 돌렸다. 정국은 냉장고를 다시 열었고 테이블에 반찬과 김치를 펼쳤다. 정국은 황량한 식탁에서 밥을 먹기 시작했다. 정국은 갑자기 눈물이 왈칵 흘렀다. 그렇게 햇반 두 개를 비우고, 반찬을 비우고 그제야 정국은 편안한 얼굴이 되었다.

딩동, 초인종이 울렸다. 영빈인 모양이다.

정국은 눈을 딱 감았다.

"오지 말라니까."

다시 초인종이 울렸다.

정국은 영빈에게 전화를 걸었다.

"오지 말라니까. 왜 왔냐?"

"안 갔는데요?"

"뭐?"

순간 정국의 머리에 스치는 사람은 혜라였다.

"변명하러?"

정국은 기막히다는 듯 일어나 인터폰을 보았다.

정국의 새어머니가 와 있었다.

*

정국은 문을 열지 않았다.

"안에 있는 거 다 알아."

"가세요."

"할 말이 있다. 네 아버지 얘기야."

"전 할 말 없습니다."

"결혼정보회사까지 붙여줬으면 결과가 있어야지."

"보고할 의무 없습니다. 인연 끝났다고 생각해 주세요."

"인연 끝낼 거면, 지분이랑 상속 포기각서 써줘."

정국은 새엄마가 왜 왔는지 정확히 알 수 있었다.

지금 겹겹이 걸려 있는 아버지의 재산에 정국의 지분이 있다. 뭘 하려고 해도 정국의 날인, 서명이 필요할 때가 많을 것이다. 이참에 새어머니는 정국을 상속자 명단에서 빼버릴 요량인 거다. 정국은 휴대전화 녹음 버튼을 눌렀다. 그리고 현관으로 가서 보호 장치를 건 채로 문을 빼꼼 열었다.

새엄마가 문을 당겼다.

"열어."

"서주희 씨!"

"왜?"

"저는 지분과 상속을 포기할 생각이 없습니다. 분명히 말씀드렸습니다."

"그럼 뭘 어떻게 하겠다는 거야. 아버지 아프신데 경찰이나 하면서, 사사건건 건물도 못 팔게 회사도 못 팔게 딴지나 걸고, 뭘 어쩌겠다는 거야?"

"굴러들어 온 돌이 박힌 돌을 빼면 안 되죠. 제가 알아서 할 겁니다."

"뭐?"

"아버지 사랑해서 같이 살겠다고만 하시지 않았어요?"

"그런데 네 아버지가 정식 결혼을 원하니까."

"거짓말."

"뭐?"

"아버지 재산 노리고 전남편과 위장이혼 해서 우리 집으로 들어온 거 제가 모를 것 같습니까!"

"이혼했지, 위장은 무슨 위장이혼?"

"전남편과 아직도 연락하시잖아요."

"무슨 소리야?"

"아버지 때문에 입 다물고 있는 거예요. 사실을 모두 알면 아버지가 충격받으실까 봐서요."

"무슨 말도 안 되는 소리야."

"잘 들으세요. 회사 지분, 부동산 절대로 손대지 마세요. 그리고 아버지 수발이나 잘 드세요. 조금이라도 소홀하면 저 아버지 찾아가서 다 말할 겁니다. 아시겠어요?"

정국은 문을 쾅 닫았다.

*

1601호 현관을 쩌렁쩌렁 울리던 정국의 목소리, 나는 그 앞에서 성준과 모든 소리를 들었다.

그런데 내 눈에서 계속 눈물이 흘렀다. 왜 눈물이 났을까? 아마도 그간 정국이 내게 보여줬던 행동이 모두 이해가 되었기 때문이었다.

이제 알 것 같다. 정국이 파혼을 선언한 이유는 내가 나빠서가 아니었다. 정국은 분명 자신에게 어머니가 없다고 했었고, 오래전에 돌아가셨다고 했었다,

정국은 아파트를 좋아하는 나에게서 자신의 새어머니를 봤을지도 모른다. 지금 정국의 모든 것을 빼앗고 정국을 가족에서 지우려고 하는 그 새어머니의 모습을 내게서 발견했던 모양이다. 그날 정국이 본 내 SNS가 업무용이었다는 사실은 여전히 오해로 남아 있지만, 나는 그와 헤어지면서 받았던 모든 상처를 치유받은 것 같았다.

그리고 언젠가 꼭 한 번은 정국과 이야기를 나누어야겠다고 생각했다. 허심탄회하게….

자백과 고백 사이

 경찰서 내부는 고요했다. 영빈은 불빛이 희미하게 깜빡이는 모니터 앞에 앉아 집중하고 있었다. 화면 속에는 이성준의 SNS가 열려 있었다. 여행 사진뿐이었다.

 이번엔 강혜라의 SNS를 열었다. 영포 인근 아파트 임장 사진 외에는 특별한 것이 없었다. 부동산에서 찍은 일상 사진과 카페에서 마신 커피, 읽은 책, 지나치게 평범한 일상들이었다. 정국이 들어왔다.

 "동선 파악됐어?"

 "네! 이성준, 강혜라는 겹치는 동선이 너무 많습니다. 사실혼 맞는 것 같습니다."

 "그래?"

"네!"

"그래서 월급 받겠냐?"

"네?"

영빈이 정국에게 변명하듯 말했다.

"결혼한 흔적도 없지만, 현재 가짜 부부라는 흔적도 없습니다."

정국은 영빈을 보고 다시 모니터를 보고 말했다.

"그래. 그럼, 사문서위조 한 부부랑 미혼모 부부는 고발해. 불법 정황 확인했으니까."

"알겠습니다."

바로 그때, 정국의 책상 위에 놓인 스마트폰이 울렸다.

"서장님이신데요?"

정국은 깊은숨을 들이쉬고 전화로 손을 뻗었다.

"여보세요?"

*

정국과 서장이 마주 보고 앉아 있었다.

"부르셨습니까?"

"중간 발표하자!"

"네에? 언제 할까요?"

"내일?"

정국은 놀란 기색을 감추지 못했다.

"저희 아직 수사 중입니다. 마무리가 안 됐습니다."

서장은 천장을 가리키며 의미심장하게 말했다.

"위에서."

"위요?"

"까라면 까는 거지 뭐."

서장은 체념한 듯 한숨을 내쉬었다.

"그래도~"

"지금 패닉바잉이라며, 처음 들었다. 패닉바잉. 부정청약 더 늘어날 수도 있대. 우리가 방관하는 게 되면 안 되겠지? 언론으로 심리적인 압박을 가해야지! 안 그래?"

"네, 알겠습니다."

정국은 수락은 했지만, 난감했다.

*

서장실을 나가며 정국은 생각했다.

"뭐가 문제지?"

정국은 이전과는 분명 생각의 변화가 있었다.

"까라면 까는 거지 뭐."

경찰서 기자실로 정국이 들어서자, 기자들이 일제히 카메라 셔터를 눌렀다. 플래시가 연달아 터지는 가운데, 정국은 단상에 서서 목을 가다듬었다.

"애크로펜타스 부정청약 수사 결과에 대해서 중간 발표하겠습니다."

정국은 자료를 넘기며 본격적인 브리핑을 시작했다.

"저희는 특별공급 당첨자 120세대 중 41세대의 부정청약 의심 징후를 포착하고 현장 잠복수사, 건강보험 추적 수사를 실시 하였습니다. 현재 두 세대는 부정청약으로 판단할 명백한 근거를 발견했고, 청약 취소 및 강제 이사 요구서가 금일중 송달 예정입니다. 현재 저희는 위장전입 사례를 자세히 조사 중입니다. 가장 많은 부정청약 사례이기 때문에 부양가족 모두 동선 파악, 기지국 확인 등을 거치고 투명하고 공정한 수사로 향후 부정청약 예방을 위한 사전 점검의 근거를 마련하도록 최선을 다하겠습니다."

발표가 끝나자마자 앞줄의 기자가 손을 들어 질문했다.

"41세대 중에서 최종 몇 세대가 부정청약이 확실하다고 보시나요?"

"18세대 전후로 예상됩니다."

정국이 명확하게 대답했다.

"그럼, 최초 부정청약 의심 세대의 절반이 확실히 부정청약인 거네요."

정국은 고개를 끄덕였다.

"그렇게 예상합니다."

기자들의 카메라 셔터 소리가 요란하게 울려 퍼졌다.

*

한적한 카페에 나와 영주가 마주 앉아 있었다. 정말 오랜만이었다. 카페 한쪽에 걸린 TV 화면에 정국이 출연하는 뉴스가 나오고 있었다. 영주는 나에게 말했다.

"나, 이렇게 바로 걸릴 줄 몰랐어!"

영주는 떨리는 목소리로 말하고 있었다. 사실 나나 영주나 지금의 처지는 다르지 않지만, 영주에겐 명백한 부정청약 증거가 있었던 모양이었다.

"어떻게 걸린 거야?"

"우리 엄마가 이용한 병원 위치 확인했대. 병원들이 다 서울이 아니라고!"

"병원 기록으로 부정청약을 확인해? 근데 영주 너 신혼부부 특별공급으로 청약한다고 했었잖아. 아니야?"

영주는 나를 보더니 말했다.

"노부모 부양 특공이었어. 우리가 신혼부부 청약 자격이 안 된대."

"왜?"

"사실 그 사람 이혼한 전 부인과 당첨된 이력이 있어."

"뭐? 전 부인? 그러면, 재혼이야?"

"응! 나도 청약 직전에 알았어."

"이거, 사기 결혼 아니야?"

"사기 결혼이고 뭐고. 이혼 하기로 했어."

"이혼? 뭐 이런 일이 다 있냐!"

"그러니까. 나 벌받나 봐!"

결국 영주는 자신의 신세를 한탄하며 울음을 터뜨리고 말았다. 나는 영주를 보며 속이 상했다.

"네가 왜 벌을 받아. 그 사람이 문제지. 결혼 사기로 고소해야 하는 거 아냐? 아니, 주말데이트 결혼정보회사 거기부터 고소해. 어떻게 그런 이혼남을 소개해 주니?"

"그 생각도 해 봤는데, 결국 다 내 잘못이야!"

"왜 네 탓이야? 그놈이 나쁜 놈이지."

"그 사람이 사실대로 털어놨을 때, 내가 결혼을 멈췄어야 하는 거였어. 내가 10억 벌 생각에 이성을 잃었었어.

내가 과거는 다 괜찮고 노부모 부양으로 넣자고 했어. 그 사람이 돈을 많이 댄다고 하니까, 나는 그저 당첨 기회를 잃고 싶지 않았던 것 같아!"

이야기를 듣고 보니 결국 영주도 어떻게든 청약으로 돈을 벌기 위해서 결혼을 강행한 모양이었다. 10년을 부동산에서 일하면서 영주나 나나 강남아파트값 상승을 목격했고, 그래서 같은 꿈을 키우게 되었고, 이제 부정청약자라는 같은 처지에 놓여 있었다.

"내가 오래전에 우리 엄마 서울로 위장전입 해놓은 게 문제가 된 거라, 다 내 책임이고 3년 징역, 3천만 원 벌금을 다 내느냐 덜 내느냐 문제니까, 그냥 잘못 다 인정하고 선처를 바랄 수밖에 없어."

"영주야!"

"난 그냥 이번 생은 망한 것 같아. 집행유예만 받으면 다행이라고 생각하고 있어. 우리 엄마도 이 일로 병났어."

"영주야!"

"너니까 하는 말이다, 너니까. 어디 가서 말할 수도 없어. 내가 아파트 갖고 싶어서 앞뒤 안 가리고 달려들었는데, 정신 차리고 보니 내가 내 발등 찍었더라고!"

"영주야! 난 네가 나쁘다고 생각 안 해. 너 흙수저로 태어나서 열심히 살아보려고 했던 것뿐이잖아."

"고맙다. 강혜라. 그리고 네가 부럽다."

"왜?"

"넌 아직 시작도 안 했잖아."

솔직하게 모든 사실을 내게 털어놓은 영주에게 나는 솔직할 수가 없었다. '사실 나도 그래.'라고 말하고 싶었지만, 지금은 누구도 믿고 속내를 털어놓을 수 없다. 영주가 나중에라도 내 상황을 알면 뭐라고 말할까? 나중에는 오늘의 이야기를 할 수 있을까?

*

나는 애크로펜타스 아파트 단지를 걸어가고 있었다. 내 머릿속에 인생이 불공평하다는 생각이 끊이지 않는다. 영주나 나나 열심히 살았다. 그냥 강남아파트 당첨돼서 돈 좀 벌어보려는 생각부터 해서는 안 되는 것이었을까? 그렇게 나쁜 것인가! 강남아파트는 애초부터 우리 같은 흙수저 인생에서 허락되지 않는 것인가? 송충이는 솔잎을 먹고 주제와 분수에 맞게 살아야 했던 것일까?

그간 내가 이곳 강남원주민부동산에서 일하면서 얻은 결론은 돈 없는 사람보다 돈 있는 사람들이 더 큰 규모의 범죄를 저지른다는 것이었다. 불법 증여와 명의신탁을 수도 없이 봐왔다. 예를 들어 자식에게 돈을 대여해서 전세를 얻게 해주고, 5년 이상이 지나면 자금에 대한 출처 조사가 이루어지기 어려우니 다시 그 돈을 가지고 살 수 있는 다른 아파트를 증여한다.

그사이 자녀가 수입이 없으면 유령 회사라도 만들어서 수입을 만들어준다. 부동산을 많이 보유한 부유층은 부동산을 팔기보다 자녀에게 싸게 매매하는 방식을 선호한다. 이 가격은 가끔 실거래가가 맞느냐? 중개 거래냐 직거래냐 하면서 뉴스를 뜨겁게 달구기도 한다. 한동안 증여가 많았지만, 요즘은 시세의 30% 이상 저렴한 금액으로 가족 간 직거래를 하고는 걸리는 것은 운에 맡긴다.

세무서에서 세무조사가 이루어지지 않으면 운 좋게 그냥 넘어가는 것이고, 재수 없게 조사하면 세금 좀 더 토해내는 것이다. 어차피 목적은 자녀에게 재산을 물려주는 데 있기 때문에, 증여 과정에서 비용이 덜 드느냐 더 드느냐의 문제일 뿐이다. 국가에서는 자산가들이 자녀에게 상속하는 데 세금을 더 많이 감면해 주고 있다. 그 이유도 이해는 간다. 자녀들을 유학 보낸 자산가는 재산을 해외로 빼내 증여상속세가 없는 나라에서 증여를 시도하거나, 투자 이민을 선택해서 아예 한국을 떠난다. 이들을 우리나라에 잡아두기 위한 목적이다. 결국 모두 부자들, 가진

자들에게 유리한 세금 제도 개편이다.

나는 쉬는 날이면 수도권 외곽에 있는 대형 카페를 방문해서 시간을 보내고 현장을 체크했다. 이유는 우리 동네 자산가들이 노후를 위해 수도권 외곽의 카페를 매수하기를 원하는 경우가 많기 때문이었다. 중개를 위해서 시장조사를 했다고 해야 맞다. 하지만 실상은 자산가들이 노후를 준비하기 위한 목적보다는 증여와 상속의 목적으로 카페나 카페 자리를 매수한다는 것을 알 수 있었다.

얼마 전 내 고객 중에 노부부가 있었는데, 더 늙기 전에 자녀의 이름으로 회사를 설립하기 위해서 가진 부동산의 일부를 매각했다. 매각 자금으로 자녀가 법인 대표로 있는 회사에 투자한다고 했다. 똑같이 증여하더라도 자녀가 창업한 회사에 투자하면 상당한 절세 효과가 있다. 현행법상 최대 30억에 대해 10%만 증여세를 내게 되기 때문이다. 그리고 얼마 후 나는 그분들 자녀의 법인 명의로 상가 매수 물건을 중개해 드렸다.

얼마 지나지 않아 그 자리에 고급 카페가 들어섰다. 꽤 값이 나간다는 유명한 그림도 한 점 걸렸고, 유명 제빵사에게 레시피를 사서 지역 핫플레이스가 되었다. 부자 부모를 둔 그 아들은 곧 페라리를 뽑았고, 나는 그들의 절세 행각에 감탄할 뿐이었다. 물론 이 아들이 관리를 등한시

한 탓에 떼돈을 버는 수준은 아니고 그냥 소소하게 전기세와 월급을 내는 수준의 카페로 주저앉았지만, 부모가 자녀에게 증여하면서 얼마나 많은 탈세를 할 수 있는지 배우는 계기가 되었다.

물론 부정청약은 법을 어기는 행위다. 하지만 일부 부유층들이 영리하게 하는 탈세 행각에 비하면 정말 아무것도 아니라는 억울한 생각도 들었다. 나 스스로를 변명하려는 것이 아니라, 실제로 우리 같은 흙수저는 크게 판을 벌여 뭘 하려고 해도 할 돈이 없다. 영주나 나나 더 많이 벌어보려고 발버둥 치다가는 크게 다친다. 우리는 비빌 언덕이 없으므로….

*

성준이 집으로 들어왔다.
"오늘은 꽤 늦었네."
"네, 회사에 일이 좀 있어서요. 저녁은요?"
"안 먹었어."
"그럼 뭘 시킬까요? 치맥 어떠세요? 할 얘기도 있고요."
"할 얘기? 나도 있는데…."

나와 성준은 치킨을 먹고, 맥주를 마셨다. 나는 성준이 할 얘기라는 것이 무엇인지 몹시 궁금했다. 하지만 그가 준비될 때까지 기다려보기로 했다.

하지만 그가 나에게 먼저 물었다.

"제게 할 얘기가 뭐예요?"

나는 '현장 방문'이라는 등기를 보여주었다.

"결국 올 것이 왔어요."

"그러네요."

"그리고 영주, 신혼부부 특별공급 아니고 노부모로 청약했는데 부정청약으로 걸렸고, 남편은 투자 목적의 사기 결혼이었대. 남자가 두 집 살림 중이었다고."

"네! 알고 있어요!"

"알고 있어?"

나는 놀랐다. 도대체 성준과 영주는 어떤 접점이 있을까? 신기하다는 생각으로 성준을 보았다.

"사실 다니는 회사가 주말데이트 결혼정보회사예요."

"정말?"

"그 말씀 드리려고 했어요. 오늘."

성준의 그 말은 한 번에 내 모든 궁금증이 해소되었다.

영주에게 꽃다발을 가져왔던 일과 성준이 이벤트에 대해서 잘 알고 있었던 일, 고객이 지혜를 폭행했을 때 성준이 했던 말들, 영주가 주말데이트 결혼정보회사를 고소한 일 등 여러 개의 연결고리가 맞춰졌다.

그런데 석연치 않은 구석이 생겼다. 나도 한때는 회원이었던 그 결혼정보회사의 직원이 성준이었다면, 혹시 나에 대해서 미리 알고 접근한 것인지 그의 이야기를 들을 차례였다.

"회원 개인정보를 알 수 있어?"

"제가 개인정보 관리 담당입니다."

"개인정보 담당이면… 안다는 거네?"

"회원이 3만 명이고요, 암호화되어 있어요."

"아, 그러면 몰랐어?"

나는 조금 안심하며 다시 물었다.

"알고 있었습니다."

순간, 나는 뒤통수를 얻어맞은 것 같았다. 무척이나 당황스러웠다. 나는 고개를 들어 성준을 보았다.

"그럼 내가 회원인 것도, 내 개인정보도, 모두 다?"

"네!"

성준은 이번엔 작정하고 고백하고 있었다.

"부정국 일까지 모두 다?"

"네!"

"그래서 아예 처음부터 청약을 하자고. 내 상황 조건 다 알고!"

"네! 모두 맞아요!"

나는 거침없이 수긍하는 성준의 태도에 기가 막혔다.

영주가 당했다는 그런 결혼사기인가? 그러기엔 그간 성준의 말과 행동에는 거짓이 보이지 않았다. 내가 성준을 하루 이틀 본 것도 아니다. 대략 3년이다. 그동안 의도적으로 내 정보를 알고 접근한 것도 의아했다.

"왜 그랬어요? 개인 사찰을 한 수준인데!"

나는 다시 그와 거리를 두면서 말했다.

"그렇게 생각하실 수도 있겠죠!"

"지금 너무 이상해. 3년 전부터 지금까지. 하필 왜 나를?"

"처음부터 호감 있었어요. 혼자 좋아했어요. 많이."

나는 순간 말문이 막혔다. 지금 성준의 말은 자백에서 고백으로 가고 있었다. 이런 식으로 성준의 고백을 듣게 될 것이라고는 전혀 예상치 못했던 나였다.

"나를? 좋아해서 시작한 거였다고?"

내가 놀란 표정으로 물었다.

"네! 그랬던 것 같아요."

나는 잠시 말을 잇지 못했다. 우리 사이에 어색한 침묵이 내려앉을 즈음 성준이 말을 이었다.

"그리고, 한강 카페에 저도 있었어요!"

"거기까지?"

성준은 말을 이어갔다.

"처음부터 다 설명해 드릴게요. 오해하지 말고 들어 주세요. 결혼정보회사에서 이상형 테스트 개발하면서 제 계정으로 해봤을 때 회원 중에 이상형 100%로 필터링되어 나온 사람이 있었어요. 그게 바로 혜라 씨였어요. 그래서 관심이 있었는데, 혜라 씨의 이상형은 '강남에 집이 있을 것!'이더라고요. 조건이 맞는 부정국 씨와 미팅하고 결과 업데이트하는 과정을 제가 계속 팔로우했었죠."

성준은 거침없이 이야기를 이어갔다.

"당시에 제가 서비스 업데이트를 위해 몇몇 사용자들을 추적하고 있었어요. 그때 성혼 커플 데이트 알람 이벤트에 참여하셨었죠?"

"맞아요!"

"그래서 제가 그 자리에 있었던 거예요. 두 분이 만나면 알람이 몇 초 만에 오는지 테스트하려고요."

"그 자리에? 서비스 테스트하러?"

"네!"

"스토커라고 오해하셔도 할 말은 없습니다."

"그래서 그 꼴을 다 봤어요?"

"네, 제가 혜라 씨를 한강 둔치까지 따라갔었습니다."

"다 봤구나!"

나의 흑역사, 정국이 내 인생의 한쪽 문을 닫아버린 그곳에 새로운 인생의 문이 열려 있었다는 것이 놀라웠다.

"전세 구할 때는요?"

"마침, 다음 날 코인이 하나 터져서, 전세를 구하러 혜라 씨 근무처인 부동산으로 간 거고요. 최대한 신경 덜 쓰시게 빠르게 계약을 체결했었습니다."

"아! 알고 왔구나!"

"만나고 싶었습니다. 핑계가 생겨서 기뻤어요. 우리 조사 결과가 위장결혼에 부정청약으로 나오면, 제가 스토킹했다고 자수할 생각이에요. 그게 사실이니까요!"

"스토킹으로 자수를 한다고요?"

"혼자 좋아했고, 제가 혜라 씨 위치랑 계정 추적한 로그기록 다 있으니까. 경찰에서 믿어줄 겁니다."

"그게 말이 돼요?"

나는 한숨이 나왔다. 이 목적 지향적인 젊은 청년을 어찌한단 말인가! 나는 성준을 가만히 보았다.

"안 돼요. 절대!"

성준은 나를 바라보았다. 우리 둘 사이에 잠시 정적이

흘렸다.

"지금 저를 걱정하시는 거예요? 제 말을 다 듣고도요?"

"걱정이 안 되겠어요, 그럼?"

나는 이내 마음속으로 말하고 있었다. '나도 이제 네가 좋아졌다. 그래서 네가 잘 못 되는 거 싫다!'라고 말이다.

하지만 나는 감정을 숨기고 이성적으로 말했다.

"같이 시작한 일이니, 같이 책임져요! 끝까지!"

*

나는 혼자 내 방으로 들어왔다. 3년 전부터 그가 나를 지켜봤다는 것이 거북하기보다 따뜻하게 느껴졌다. 난 항상 혼자였는데 혼자가 아니었던 것이 감사하다고 생각하고 있었다.

*

3년 전. 한강의 야경이 내려다보이는 카페의 불빛 아래, 나는 정국과 마주 앉아 있었다. 우리는 조건을 최우선으로 맞추어 만났다.

'강남에 집이 있을 것!'

이건 정말 세속적이지만 내가 제시한 조건이었다.

그 남자가 제시한 조건은 하나였다.

"정의롭고 정직할 것!"

나는 그간 정말 정직하고 진실하게 살아왔다. 정국은 경찰이었고, 우리는 서로가 조건을 충족한다고 생각했고, 서로 친해지거나 감정을 쌓는 일은 제쳐두고 결혼만을 이야기하고 있었다. 사실 그가 가진 강남아파트는 내가 기대했던 그 이상이었다. 나는 솔직히 그 조건에 그에게 완전히 빠져 있었다.

"인테리어는 간접 조명만 해요. 한강뷰 잘 보이게."

내가 말했다. 그는 나를 바라볼 뿐 아무 말이 없었다.

"확장 발코니 쪽에는 카페 테이블 놓고… 우리 커플 스탠드 조명을 나란히 놓아요!"

나는 정국을 보았다. 그의 표정은 어두웠다. 그는 무언가 작정한 듯 나에게 말했다.

"우리 멈추죠!"

"네? 뭘요?"

"결혼이요."

"네?"

정국은 냉정하게 말을 이었다.

"결정사에서 조건 맞춰 만난 거지만, 정작 저한텐 관심이 너무 없으시네요."

당황한 나는 황급히 변명을 늘어놓았다.

"정말… 진심으로 관심이 있는데요! 정국 씨 좋아요. 그러니까 결혼 얘기를 하죠."

"제 아파트가 많이 탐나셨나 봐요. 한강뷰, 대단지 강남아파트!"

내 귀에 꽂힌 정국의 목소리에 분명 비난의 의도와 실망감이 담겨 있었다. 나는 솔직히 대답했다.

"아니라고는 말 못 해요. 정국 씨도 좋고, 정국 씨 아파트도 좋고. 정국 씨에 대한 모든 것이, 다 좋아요!"

내 솔직한 고백에도 정국은 단호하게 나를 밀어냈다.

"여기까지 하시죠!"

정국은 완전히 나에게 실망한 듯 보였다.

"아니, 그게 아닌데요?"

"아닌 증거, 보여드려요?"

정국은 죄인을 심문하듯, 자신의 스마트폰 화면을 내 눈앞에 내밀었고 나는 그것을 보고 할 말을 잃었다. 화면 속에는 내 SNS가 띄워져 있었다.

수많은 애크로펜타스 아파트 건축 사진들이 펼쳐져 있었다. 내가 달아놓은 글이 보였다.

'강남 대장주 아파트, 애크로펜타스! 사랑해!'

나는 순간 억울하다고 생각했다.

"제가 공인중개사니까요. 고객 관리 차원에서."

그 말은 사실이었다. 하지만 그는 벌떡 일어났다.

"고객 관리 잘하시고요. 저와의 관계는 실패하신 것 같네요."

"네?"

나는 당황한 나머지 일어서는 정국의 팔을 잡았다.

"정국 씨! 이렇게 가시면."

하지만 정국은 내가 잡은 팔을 천천히, 그리고 강하게 떼어놓으며 마지막 한 마디를 했다.

"안녕히계세요."

정국이 나에게 고개를 숙여 인사했다. 그리고 미련 없다는 듯 걸어서 밖으로 성큼성큼 걸어 나가 버렸다.

"정국 씨!"

나는 애타게 그를 불렀지만, 정국이 나간 문은 덜컹거리다가 이내 완전히 닫혀버렸다.

*

그 자리에서 나를 바라보던 사람이 있었다.

성준이었다.

가족

내가 1602호 현관을 열었을 때 눈앞에 영빈이 서 있었다.

"들어오세요."

내 말에 영빈은 정중하게 고개를 숙이며 인사하고는 안으로 들어왔다.

"실례하겠습니다."

나와 성준이 나란히 서서 영빈을 맞이했다. 영빈은 나를 바라보며 뭔가 망설이는 것 같더니 결국 말을 꺼냈다.

"팀장님은 안 오셨고요. 아시죠? 앞집에 사시는 분요!"

"네에~."

나는 불편하고도 애매한 목소리로 대답했다.

영빈이 집 안으로 들어가는 순간 문득 눈에 띄는 것이

있었다. 정국의 집에서 봤던 것과 똑같은 큰 아파트 모양 스탠드였다.

"저 아파트 모양 스탠드는?"

영빈이 놀라운지 나에게 직접 물었다.

나는 갑자기 긴장이 몰려왔다.

"저 스탠드요?"

"어디서 사셨어요?"

"아, 그게요."

"저도 사고 싶어요. 저희 팀장님 집에 있던데. 사진 찍어도 돼요? 이미지 검색해서 나도 사야지."

'일부러 아는 체하는 건가? 나에 대해서 어디까지 아는 거야?'

나는 영빈이 나의 정체를 아는 것인지, 그냥 호기심에 물어보는 것인지 도무지 그의 속을 알 수가 없었다.

"기성품 아니에요. 굿즈 같은 거예요! 주문해서 제가 만들었어요."

"아! 펀딩해서, 리워드로."

"네, 공방에 주문했어요."

"아, 네~."

더 이상 질문이 없어 그나마 한숨 돌릴 수 있었다.

"결혼사진이 정말 이쁘게 나왔네요. 스튜디오 어디서

찍으셨어요?"

"저희~ 버추얼 스튜디오에서~."

"첨단입니다. 저도 알려주세요. 언젠가는 결혼할 거거든요."

"네~."

영빈은 주변을 둘러보았다. 혜라와 성준의 신혼집, 안방에 있는 더블 침대, 뭐 겉으로 보기엔 여느 신혼집과 다를 것이 없었다. 작은 방을 열었다. 거기는 성준이 쓰는 방이었다. 위치 추적 문제로 잠은 여기서 자야 해서 성준은 자기네 집을 두고 여기서 잠을 잤다.

"이 방에도 침대가 있네요."

"네~."

"동거인이 또 있나요?"

영빈은 미심쩍게 우리를 바라보았다.

"분위기 전환이 필요할 때 갑니다."

"네에?"

"싸웠을 때요!"

"아, 부부싸움!"

영빈과 성준이 서로 마주 보고는 크게 웃었다.

"다 확인했습니다. 실례가 많았습니다."

짧은 현장점검이 끝났다. 나와 성준은 영빈을 현관까지 배웅하고 문을 닫았다. 문이 닫히는 소리와 함께 성준은 휴 하고 긴 한숨을 내쉬었다. 우리 두 사람만 남겨진 공간에 일순간 침묵이 흘렀다.

*

내가 거실로 들어와 소파에 앉았다.
성준은 그런 나를 애잔한 눈빛으로 바라보았다.
"죄송합니다."
성준이 먼저 입을 열었다.
나는 차마 성준을 볼 수 없었다. 영빈이 있을 때까지는 어떻게든 신혼부부로 보여야 했기 때문에 불편한 기색을 감추고 성준과 눈을 맞추고 연기를 했었다. 하지만 둘만 남은 지금은 연기가 아니라 진실로 서로를 대해야 할 시간이다.
"제가 다 책임질 거예요. 어떤 결과가 나오든. 그러니까 걱정하지 마세요!"
성준이 결연한 목소리로 말했다. 나는 고개를 저었다.
"아니야. 스토킹은 아니야, 같이 한 일이고 같이 책임져요."

성준은 나를 보았다.

"다 제가 혜라 씨 좋아해서 시작한 일이잖아요. 제가 책임지겠습니다!"

성준은 나를 가만히 보았다. 나는 성준의 눈을 보고 가슴이 뛰기 시작했다. 내 얼굴이 갑자기 붉어졌.

그때였다. 성준의 전화벨이 울렸다. 성준의 엄마였다.

"뭐라고요?"

성준은 병원에서 걸려 온 전화에 얼굴이 사색이 되었다.

"같이 가보자."

"네?"

"어디든!"

나는 성준과 함께 병원으로 향했다.

*

나와 성준은 수술실 앞에 있었다. 갑자기 쓰러진 성준의 아버지를 발견한 것은 졸혼했다는 성준의 엄마였다. 이해하기 어려웠던 것은, 성준의 엄마가 성준의 아버지가 사는 집에 주기적으로 반찬을 가져다주었다는 것이다.

두 분이 이혼한 이유는 무엇이었을까? 약국을 운영하시는 성준의 아버지와 엄마에게 무슨 일이 일어났던 것일까? 이것도 설마 위장이혼 같은 건가? 지금 그런 것을 물어볼 상황은 아니었다. 그저 그의 옆에 있으면서 그를 위로하는 것이 내가 해야 하는 일이었다. 그때였다. 성준의 엄마가 나의 손을 꼭 잡으면서 말했다.

"고마워요."

"네?"

"같이 있어 줘서."

나는 성준의 엄마에게 엷은 미소로 화답했다.

힘들 때 같이 있을 수 있는 사람 가족이었다.

나는 이 순간 성준과 분명 가족이었다.

*

얼마나 시간이 흘렀을까? 수술을 마친 의사가 수술 가운을 입은 채 나왔다. 다행히도 얼굴이 환했다.

"다행히 출혈은 모두 잡혔습니다. 골든타임 안에 수술했고, 특별한 뇌 손상 소견은 없지만 환자가 깨어나면 예후를 지켜봐야 할 것 같습니다!"

"감사합니다!"

"그런데 환자가 암 치료 중에 합병증이 온 것 같아요!"

"합병증이요?"

"암이요?"

암이라는 말에 가장 놀란 것은 성준의 엄마였다.

"진짜니?"

"네!"

"알고 있었어?"

"네…."

성준의 엄마는 의자에 다시 주저앉았다. 나는 성준의 엄마 옆에 앉아 손을 꼭 잡았고, 나의 어깨에 기대어 우셨다. 그렇게 우리는 마음을 나눈 가족이 되어버렸다.

그 남자 그 여자의 사정

 성준의 아버지는 다행히 의식을 되찾았고 일반 병실로 옮겨졌다. 성준의 엄마가 스스로 간호하겠다고 나섰다. 확실히 이혼한 부부 같지 않았다. 그렇게 두 분을 두고 성준과 나는 집으로 돌아오는 차 안에 있었다.
 성준은 내내 말이 없었다.
 "진짜였네."
 "뭐가요?"
 "모든 게."
 "네~."
 나는 사실 성준의 부모님이 어떤 사이인지 물어보고 싶은 것이 많았지만, 오늘 말고 다음에 해야겠다고 생각했다. 하지만 성준이 먼저 말을 이었다.

"고마워요. 같이 있어 줘서. 내 얘기 해도 되나요?"

*

성준의 아버지는 약사 출신으로 제약회사를 세우고 신약 개발에 몰두했다고 한다. 하지만 연구 능력은 좋았던 반면, 사업 수완은 없어서 회사는 파산하고 많은 빚을 지게 되었다고 했다.

성준은 컴퓨터공학과에 재학 중이었는데, 아버지가 더는 뒷바라지를 해주기 어렵다고 했단다. 엄마에게까지 빚을 같이 갚게 할 수는 없어서 처음에는 위장이혼을 했다고 한다. 그런데 빚쟁이들이 눈치채는 바람에 결국 따로 살게 되었다고 했다.

부모님 지원이 끊긴 20대 성준이 할 수 있었던 것은 우선 군대에 가는 것이었다. 군에서 정보 쪽 보직을 맡게 되어 노트북, 컴퓨터 등을 수리하는 일을 했다고 한다. 그러다 제대했고 복학하면서 시작했던 아르바이트가 컴닥터에서 노트북을 수리해 주는 것이었다. 알바 중에 서초구 지역에서 우연히 코인러와 친해져서 코인에 대해 알게 되었고, 짧은 시간에 큰돈을 벌어 졸업하게 되었다고 했다.

성준의 개인적인 이야기를 들은 것은 이번이 처음이었다.

*

경찰서 내부, 밤이 깊어가고 있었다. 영빈은 마지막 보고서를 작성하고 상신 버튼을 눌렀다. 그 순간 정국의 모니터가 켜지고 알람이 울렸다. 정국은 깊은 생각에 잠겨서 알람도 못 듣고 있었다.

"팀장님."

영빈이 조심스럽게 정국을 불렀다.

"어?"

정국이 고개를 들어 영빈을 보았다.

"강혜라 씨 조사 최종 보고서 올렸습니다."

"어! 그래!"

정국은 자리에서 몸을 돌려 모니터 화면을 보고, 마우스로 서류를 확인했다. 정국이 보고서를 꼼꼼히 살펴보는 사이, 영빈은 자신의 개인적인 의견서를 결재 파일에 담아 정국에게 내밀었다.

정국은 보고서를 받아 들고 영빈을 바라보았다. 정국은 서류철을 열어 영빈이 쓴 조사 결과를 읽어 내려갔다.

그 보고서에는 SNS에서 본 아파트 모양 스탠드와 계좌에 사이좋게 반반씩이라는 입금 메모를 근거로, 처음에는 청약 목적의 위장결혼 의심 징후가 확인되었으나 현재로는 신혼부부가 확실하다는 내용이 담겨 있었다.

"제 최종 조사 결과는 이렇습니다. 검토해 주시면 전자결재 올리겠습니다."

영빈이 부연 설명을 했다.

"그때는 맞고, 지금은 틀리다. 이게 팩트입니다."

"이게 무슨… 경찰이 쓴 보고서야? 너 영화 제목 뽑냐?"

정국이 영빈을 타박하듯 말했다.

"법적으로도 실제로도 사실혼 맞습니다. 그리고 내러티브 글쓰기가 요즘 유행이에요. 앞뒤 전후 맥락 연결, 이해 쏙쏙 되시죠? 최종 판단은 팀장님께 맡기겠습니다."

"조사 이따위로 해놓고 나한테 결정하라니. 너 진짜 가만히 보면 은근히 잔인하다."

"팀장님은 팀장이고 저는 팀원입니다. 팀장님은 경감이고, 저는 아직 순경입니다. 팀장님은 경찰서에선 브라만이고, 저는 수드라고, 머리 쪽 계신 분이 머리 쓰세요."

"너~."

"퇴근합니다!"

영빈은 퇴근했다. 이제 정국이 혼자 남았다.

정국은 손에 든 영빈의 결과 보고서 뒤에 한 장이 더 붙어 있었다. 담당자 추가 의견서라고 되어 있었다. 수사하면서 느낀 점 같았다.

'부정청약자 조사하면서 그 사람들 대부분이 흙수저로 태어나서 돈도 벌고 더 좋은 환경에서 아이 키우고 싶은 평범한 가족들이라는 것을 알게 되었습니다. 계약 해지당하고 쫓겨 나갈 때 보면 그분들 희망을 빼앗은 것 같아 마음이 힘들었습니다. 애초에 부정청약 할 수 없게 제도를 바꿔야지, 브로커들 날뛰고 편법으로 다들 하는데 안 하면 바보라는 생각이 왜 안 들겠습니까! 저부터도 이런데요. 당첨자 일곱 집 중에 한 집이 부정청약자라는 것부터가 시스템적인 문제라는 증거입니다. 잘살아 보려는 사람 범법자의 길로 들어서지 않도록 시스템적 개선이 절실하게 필요합니다. 현명한 판단 기다리겠습니다.'

*

정국은 1601호 현관 앞에 멈춰 섰다. 밤이 깊었다. 그가 들어가려다 앞집 1602호를 바라보았다. 잠시 눈을 감았다. 다시 1601호로 들어가려던 그의 발걸음이 멈췄다. 혜라와 헤어지던 그날이 떠올랐다.

*

"결정사에서 조건 맞춰 만나기 시작했지만, 정작 저한 텐 관심이 너무 없으시네요."

"제 아파트가 마음에 무척 드셨나 봐요. 한강뷰, 대단지 강남아파트!"

"여기까지 하시죠!"

*

기억의 파편이 흩어지고 정국은 다시 현실로 돌아왔다. 1601호 현관문 앞에 홀로 서서 중얼거렸다.

"그때는 내가 잘 못 본 것 같다."

정국은 부드러운 미소를 1602호에 보냈다.

"미안했다."

1601호 현관을 열고 자신의 집으로 들어갔다.

*

"혼자 뭐라고 하는 거야?

나는 현관 카메라로 정국의 동태를 살피고 있었다.

"쾅!"

정국이 집 안으로 들어가는 소리가 들렸다.

정국이 퇴근하는 시간이면 불안초조 증세가 시작되고, 정국이 현관 안으로 들어가면 그제야 안심이 되었다.

그런 내 뒤에는 성준이 있었다.

밤이 깊어진 1602호 거실에서, 나는 비로소 소파에 앉았다. 성준이 내 옆으로 와서 앉았다.

"이렇게 불안해하실 줄 몰랐어요."

"이건 내 탓이지. 부정국을 예상 못 했던 거잖아."

나는 성준을 보며 미소를 지어 보였다.

성준은 나를 보고 미소 지었지만, 그의 눈빛은 다른 생각을 하고 있는 것 같았다. 그의 생각이 무엇인지 알기까지 그리 오래 걸리지 않았다.

헤어질 결심

정국은 경찰서 책상에 앉아 있었다. 정국의 앞에는 탄원서가 놓여 있었다. 정국의 새엄마가 경찰서장 앞으로 낸 탄원서였다.

"내가 증여받은 아파트가 불법 증여였구나, 공소시효가 지난!"

정국은 기가 막혔다.

"왜 한 번도 의심하지 않았을까? 내 아버지."

새어머니 말대로 아버지의 외동아들로 태어나 모든 재산은 당연히 자신이 받아야 하는 것이었고, 19세에 증여받은 그 아파트에 대해서 한 번도 불법이라고 생각해보지 않았다. 그저 절세에 밝은 아버지가 증여세까지를 알아서 깔끔하게 처리했을 것이라 여겼을 뿐이었다. 아니다. 다시 생각해 보면 아예 증여세, 증여에 대한 개념이 없었다.

*

정국은 서장 앞에 서 있었다.

"저 탄원서 들어온 거 보셨죠?"

"봤지, 새엄마라며. 야, 막장 드라마가 따로 없던데. 드라마 작가 소개해 줘?"

"네에?"

"이번에 도박 빚 땜에 작가 하나 지금 구치소에 있거든. 가서 만나볼래~?"

"서장님!"

"공소시효도 지났다며, 그것 때문에 다들 더 부러워하는 건 알고 있냐?"

"네? 제가 부럽다고요?"

"야. 스무 살에 주식 받아, 상가 받아. 영포에 재건축 아파트 증여받아, 난 그런 양아버지 있으면 입양 가겠다."

"서장님!"

정국은 서장님이나 영빈이나 동료들까지 자신을 항상 부러워하고 은근히 놀리기도 한다는 사실을 알고 있다. 정국은 그들과 다른 조건에서 시작했고, 이번엔 불법 증여에 대한 탄원서 까지 들어왔는데도 범법자라고 손가락질하기보다는 정국의 경제적인 부유함이 더 알려지고 사람들의 부러움을 사는 것이 자본주의의 현실이라고 생각했다. 금수저를 부러워하고, 흑수저인 자신의 처지를 한탄하며 사는 것이 과연 맞는 사고방식인가? 시스템적인 문제를 한 번쯤 탓하는 것이 맞지 않는가? 정국은 생각했다.

"저 징계 내려주십시오."

"징계?"

"이번 건으로 저 징계하고 좌천시켜 주십시오."

"그럼, 이 일은 누가 해."

"제가 부정청약 했던 사람들에게 돌을 던질 자격도 없습니다. 이런 제가 무슨 수사를 하겠습니까!"

정국은 솔직히 말했다.

서장도 그제야 말했다.

"내가 왜 자네를 그 자리에 앉힌 줄 알아? 부정국은 그런 사람들 이해 못 한다고 생각했어, 인정사정 안 봐주고 원칙대로 수사할 거라, 자네가 적임자라고 생각한 거야."

"저요?"

"그 사람들 나도 이해가 가. 나도 방법이 있다면 돈 벌고 싶어. 용인에서 강남까지 출퇴근할 때마다 난 전생에 무슨 죄를 지어서 매일 고생인가 한탄한다고."

"서장님이요?"

"너는 원주민답게, 그 지역의 정의와 질서를 수호하려고 무관용 원칙 내세우며 평소처럼 세게 수사할 줄 알았지. 그 사람들한테 전혀 공감할 수 없어야 불가근불가원, 원칙 중심의 수사를 하겠지."

그제야 정국은 확실히 알 수 있었다. 자신이 부정청약 전수조사팀을 맡게 된 이유를 말이다.

"저도 실패했습니다."

"뭐?"

"좌천이 좋겠습니다."

"원하는 대로 해줄게."

"감사합니다."

*

정국이 사무실로 들어왔을 때 정국의 자리에 성준이 기다리고 있었다. 성준이 먼저 입을 열었다.

"안녕하세요. 저 누군지 아시죠."

정국은 서류를 들고 서 있는 성준을 모를 수가 없었다. 정국은 사무적인 목소리로 대답했다.

"네. 1602호, 이성준 씨. 강혜라 씨 남편 되시죠!"

정국은 사무적으로 말했다.

성준은 고개를 가볍게 끄덕이며 말했다.

"네, 맞습니다."

정국도 할 말이 있다는 듯이 말했다.

"조사실로 가실까요?"

"네!"

성준은 정국을 따라 일어섰다. 정국과 성준은 모두 긴장된 얼굴을 하고 조사실로 걸어가고 있었다.

*

경찰서 조사실은 방음판이 있고 편광유리로 누군가 관찰이 가능한 구조였다. 편광유리 뒤에는 누가 있는지 알 수 없지만, 정국과 성준은 테이블을 사이에 두고 마주 앉았다. 정국은 성준에게 생수를 하나 내밀었다.

사실 정국도 좌천되기 전에 이 사건을 마무리 지어야 한다고 생각했다. 하지만 성준이 어떤 말을 하러 여기 왔는지 알기 전에는 자신이 어디서부터 말을 꺼내야 할지 난감했다. 우선 성준의 말을 듣기로 했다.

"이 일 제가 강혜라 씨 혼자 좋아해서 꾸민 일입니다.

정말 죄송합니다."

성준의 목소리가 조용한 실내에 울렸다. 성준이 여기에 온 이유는 하나였다. 모두 자신이 책임으로 돌리고 혜라에게는 피해가 가지 않도록 하는 것이다.

정국은 말없이 성준을 바라보면서 말했다.

"그 자리에 있었죠? 그날!"

"네?"

"그 전부터였나요? 3년 전부터."

"보셨어요?"

"이제 모든 궁금증이 풀렸습니다."

정국은 말했다. 카페에서 정국은 자신과 혜라를 계속 바라보고 있던 성준의 얼굴을 기억해 냈다. 게다가 오늘 성준은 그때와 같은 옷을 입고 있었다.

*

편광유리 건너 대화를 듣고 있던 영빈이 혼잣말을 했다.

"이게 자백인가 고백인가? 갑자기 왜 이렇게 설레지?"

*

성준이 이어서 말했다.

"혜라 씨는 내키지 않아 했어요. 제가 혜라 씨 잡고 싶어서 아파트 청약을 구실로 접근했습니다."

"그 방법뿐이었나요?"

정국이 되물었다.

"역시 아파트로 설득이 되던가요?"

"아니요. 그냥 복권 긁는 그런 생각이 들게 설득했었고, 운명처럼 당첨이 되는 바람에 여기까지 왔습니다."

성준이 있는 그대로의 상황을 설명했다.

"처벌은 제가 다 받겠습니다. 결과적으로 이 모든 책임은 저한테 있으니까요. 제가 다 책임지겠습니다."

"사기죄 성립할 수 있습니다."

"괜찮습니다. 뭐든 좋습니다. 혜라 씨 마음만 편해질 수 있다면요."

정국은 성준의 눈빛을 깊이 바라보았다.

'이 사람 진심이구나.'

정국의 마음속으로 성준의 진심이 밀려 들어왔다. 잠시 고민하던 정국이 입을 열었다.

"지금 제게 말씀하신 거, 진술서 부탁드립니다."

"네!"

"저는 좌천돼서요. 이해심 많은 동료에게 전달해야 할 것 같습니다."

성준이 의아한 표정을 지으며 물었다.

"좌천이요?"

"위장결혼을 추진한 동기, 계약과 실행 과정 그리고."

정국이 말을 이어갔다.

"현재 상태와 감정까지요."

"상태와 감정이요? 진술서에 그런 걸 써도 되나요?"

"지금은 서로 사랑하는 부부가 맞다가 결론이 되어야겠죠!"

정국의 말은 성준에게 하나의 힌트가 되었다.

성준은 정국을 바라보며 그 말의 의미를 읽어내기 시작했고, 정국의 눈빛에는 성준을 진심으로 응원하는 마음이 담겨 있었다.

*

경찰서 내부, 밤이 깊었다. 정국은 책상 위에 놓인 성준의 진술서를 읽어 내려가고 있었다.

강혜라 씨를 처음 알게 된 것은 '주말데이트 결혼정보

회사' 회원으로였습니다. 제 이상형으로 필터링되어 나왔거든요. 그 후에 성혼이 잘 안됐다는 것을 확인하게 되었습니다. 일부러 '강남원주민부동산'에 제가 찾아갔고 전세를 구하는 일을 도움받았습니다. 이후 저는 일부러 우연을 가장한 인연을 만들어 배달했습니다. 자주 배달일을 하다 보니 강혜라 씨의 경제 상황도 알게 되었습니다. 그래서 제가 예비 신혼부부로 가장해서 신혼부부 특별청약을 하자고 제안한 것입니다. 부정한 투자 목적보다는 개인적인 감정으로 어떻게든 강혜라 씨와 인연을 만들려고 제가 벌인 일입니다. 현재는 사실혼 관계가 맞습니다. 진행 과정에서 위법한 점이 있다면 그 책임은 모두 제게 물어주시기를 바랍니다.

진심이 묻어 있는 성준의 진술서를 보면서 정국은 생각했다. 누구라도 이 진술서를 읽는다면 성준이 혜라를 진심으로, 그것도 오랫동안 사랑해 왔다는 사실을 알 수 있을 것이다.

"모든 책임은 제가 지겠습니다!"

어느 틈에 영빈이 뒤에 와 있었다. 자기감정에 도취해 정국에게 말했다.

"사랑해서 결혼한 거 맞네. 제 보고서 제목, 그때는 맞고, 지금은 틀리다! 캬~."

정국은 가만히 영빈을 보았다.

"일 안 하냐?"

"일 다 했어요. 열여덟 건 시원하게 밝혔잖습니까! 위장결혼하고 입주도 안 하고 혼인무효소송 한 건은 빼박인데, 이건 위장결혼 근거가 부족하고 사실 로맨스죠."

영빈의 말에 대꾸도 안하고 정국은 사건을 정리했다.

"유민태 씨는 혼인무효소송이 근거고. 황정훈 씨는 공문서위조고, 그러네!"

"그렇죠! 강혜라, 이성준 건은 사실혼이네요. 결과 통보서 보내겠습니다."

"원칙대로 하자!"

정국은 대답했다.

"알겠습니다."

영빈은 강혜라, 이성준 신혼부부에 관한 조사 결과 보고서를 전자결재로 상신했다.

*

햇살이 밝은 날, 나는 양팔로 큰 아파트 모양 스탠드를 품에 꼭 안은 채, 벽에 붙어 있는 이사 안내문을 유심히 바라보고 있었다. 안내문에는 '1601호 전출'이라는 글자가 또렷했다.

*

내가 분리수거장으로 갔을 때 내가 안고 있는 것과 동일한 아파트 모양 스탠드를 발견했다. 정국이 버리고 간 모양이었다. 애크로펜타스 조감도를 본떠서 청계천 아크릴 집에 내가 직접 찾아가 제작을 의뢰했던 그 스탠드다. 그 옆에 내 스탠드를 올려놓아야 하나 다시 가지고 들어가야 하나 난감했는데, 내 뒤에 누군가 있었다.

아파트를 훔친 여자

나는 아파트 모형 스탠드를 안고 정국을 바라보고 서 있었다. 무슨 말을 해야 할까? 아니면 아무렇지도 않게 계획대로 스탠드를 분리수거 통에 넣고 돌아서야 할까? 우리는 오늘에서야 비로소 과거를 정리하고 있었다.

"이사 가요?"

나는 그에게 물었다.

정국은 멋쩍게 웃으며 말했다.

"주소는 여기 있고, 몸만."

"몸만."

"왜요?"

"불편해서!"

정국은 감정을 담아서 말했다.

"강혜라 씨 때문만은 아니에요."

꼭 그 말이 나 때문이라고 하는 말 같았다.

"왜 정국 씨가 떠나요? 정국 씨가 물려받은 집인데."

"좌천됐어요!"

"네에?"

"최근에 알게 됐는데, 우리 집 편법 증여로 내 소유가 된 거래요."

"편법 증여요?"

"뭐 묻은 개가 뭐 묻는 개 나무라다 제대로 걸린 거죠, 참, 주소는 여기 둘 거예요. 일은 관사에서 하고요. 문제 있다고 생각하시면 고소하세요."

"네?"

사실 법과 제도라는 것이 참 불완전한 부분이 많다. 정국이 잠시 사이버범죄수사대 관사에 머물 동안 주소는 애크로펜타스에 있다. 그리고 정국이 서울로 돌아와서 자기 집에 살면서 매도하면 3년 의무거주기간이 끝나고 집을 팔 때 양도세 12억이 자동 감면될 것이다.

이런 경제적인 이익을 알면서 주소를 이전하는 바보가 있을까? 정말 법과 제도라는 것도 기준이 모호할 때가 많다는 생각을 또 하게 되었다. 나는 억울한 생각이 들었다.

그래서 우리나라에 변호사가 많은 모양이다.

정국이 말했다.

"알죠? 이성준 씨가 어제 경찰서에서 진술서 냈어요."

"성준 씨가요?"

나는 순간 당황했다. 성준은 어제 내가 잠든 후에야 집으로 돌아왔었다. 그리고 아침 일찍 출근하고 없었다. 그도 마음이 무거웠던 모양이다.

"강혜라 씨, 이성준 씨가 청약을 빌미로 청혼하고, 비싸게 팔아달라 청탁하고, 아파트 당첨돼서 혼인신고하고 동거를 감행하면서 강혜라 씨 곁에 있고 싶었던 거, 그게 이 사건의 경위입니다!"

내 눈에서는 눈물이 쏟아져 나왔다.

늦은 저녁 경찰서로 정국을 찾아갔던 성준의 마음이 내 마음속으로 밀려 들어왔다. 내 마음과 그의 마음이 정확히 합쳐지는 듯했다. 그리고 나는 깨달았다. 언제부터인가 내 마음도 그의 마음과 다르지 않다는 것을 말이다. 나는 눈물을 급히 닦으며 말했다.

"지금 여기서 수사 결과 설명하는 거예요? 이 분리수거장에서."

"맞습니다. 강혜라 씨. 사실혼 인정되었습니다."

"그럼?"

정국은 마지막으로 나를 바라보며 미소 지었다.

"수사 종결 처리했고, 공문 올 겁니다. 좌천된 사람이라 여기서 말씀드리는 점 양해 부탁드립니다."

"감사합니다."

정국은 가볍게 묵례하고 뒤돌아 가려다가 다시 나에게 말했다.

"한마디만 더 할게요."

"네~"

"미안합니다. 오해해서."

"오해 아니에요. 방법을 안다고 다 불법을 저지르는 건 아니죠. 사실 불법 맞아요. 저는 처벌받아야 해요."

"그 얘기 말고요, 3년 전이요. 미안합니다. 오해였어요."

정국의 그 한마디에 내 눈에서는 하염없이 눈물이 흘렀다. 정국은 내가 들고 있는 아파트 모형 스탠드를 보면서 말했다.

"이거 분리수거 안 돼요! 잘못 버리면 과태료 나올 것 같은데. 제가 한 번에 버리겠습니다."

정국은 내가 가진 아파트 스탠드와 자신의 스탠드를 들고 폐기물 처리장으로 향했다. 양손에 스탠드를 든 그의 발걸음이 무척이나 가벼워 보였다.

*

거실에서 내려다본 영포대교가 반짝반짝 빛나고 있었다. 창문 너머로 보이는 남산의 전경, 도시의 불빛들이 오늘따라 더 반짝이는 것 같았다.

"별빛이 흐르는, 다리를 건너! 바람 부는 갈대숲을 지나!"

"아파트, 아파트, 아파트, 아파트!"

내가 거실 밖을 보면서 노래를 흥얼거리다가 멈췄다.

"언제나 나를, 언제나 나를 기다리던 너의 아파트!"

그때 노래를 흥얼거리면서 성준이 거실로 들어왔다.

나를 보자마자 그의 입가에 미소가 번졌다.

"고마워요!"

나는 진심을 담아 말했다.

"네?"

성준은 내 말을 믿을 수 없다는 듯 되물었다.

"고맙 다구요!"

성준은 멋쩍은 듯 말했다.

"마음만 불편하게 했는데 뭐가 고마워요!"

나는 성준을 보면서 미소 지으며 말했다.

"나 좋아해 줘서 청약 하자고 청혼해 줘서, 고맙다고."

내 말은 진심이었다.

"혜라 씨!"

성준이 나의 이름을 불렀다.

나는 망설임 없이 말을 이었다.

"우리 연애하자."

성준은 나를 사랑스럽게 바라보았다.

"여기서 말고 다른 곳에서."

"다른 곳이요?"

"응."

"어디든 같이 가요."

언젠가부터 우리는 진심으로 서로를 아끼고 사랑하고 있었다. 우리 둘 사이의 공기가 뜨거워졌고, 성준은 서서히 나의 곁으로 왔다. 그리고 우리는 뜨겁게 키스했다.

그 순간 영포대교에 무지개 분수가 솟아올랐다.

마치 우리를 축복해 주듯이 말이다.

나는 이제 강남아파트보다 더 똘똘한 한 채를 갖게 되었다. 그건 서로를 사랑하는 든든한 마음이었다.

에필로그

성준과 나는 애크로펜타스 건설사를 찾았다.

내가 제안했을 때 성준은 언제나처럼 말했다.

"네, 혜라 씨 마음 편한 대로 하세요."

그렇게 말을 던져놓고 사실 나는 어제 한잠도 못 잤다. 과연 나의 선택에 후회는 없을까? 내 정의감이 중요한지 돈이 중요한지에 대해 수없이 고민했다. 나는 성준이라는 인생의 동반자를 얻었고, 애크로펜타스 가격이 분양가 플러스 20억으로 오른 지금, 다시 양심적으로 계약을 포기하는 게 맞는지 혼란스러웠다. 하지만 나는 양심의 가책을 느끼지 않는 삶을 선택하기로 했다. 건설사로 향하는 나의 마음을 이해하는 사람은 이 세상에 이성준밖에 없을 것이다.

성준은 내게 아무런 이유도 묻지 않았다. 그의 마음속에는 그저 내 마음이 편했으면 하는 바람밖에는 없는 것 같았다. 내 인생에서 진정한 로또가 있다면 이성준이다. 정말 따뜻한 사람, 성준의 손을 잡고 나는 건설사 계약팀을 찾아오는 내내 갈등했다.

성준과 나는 문을 열고 들어가서는, 담당자로 보이는 사람에게 말을 건넸다.

"저희 아파트 계약 취소하러 왔습니다. 여기서 하나요?"

담당자로 보이는 사람이 우리를 아래위로 훑어보았다. 부정 청약자라는 낙인을 찍기라도 하는 듯 말이다.

"계약자분 성함이?"

"강혜라, 이성준입니다."

다른 직원들도 우리를 보는 것 같지만, 나와 성준은 그들의 시선이 외면하지 않았다. 우리는 이제 홀가분해지기 위해 왔기 때문이다.

분양사무실 직원이 서류를 체크해 보더니 말했다.

"명단에 없는데요?"

"저희 부정청약 전수조사 받았습니다!"

직원이 뭔가 검색을 하더니 우리에게 물었다.

"잠시만요. 예비부부 자격으로 청약하셨네요. 현재 혼

인신고 되어 있으시고, 전수조사 결과에 신혼부부 특별공급 자격 충족 확인이라고 나오는데요?"

"저희 위장결혼으로 부정청약 한 거 맞습니다."

"혼인무효소송 하신 분인가요?"

"아니요!"

"그럼, 혼인신고서 날짜 조작하셨어요?"

"아니요."

"현재 위장결혼이세요?"

"아니요!"

"그럼 이혼하셨어요?"

"아니요!"

담당자는 표정이 순간 험상궂게 일그러졌다.

"뭐 하자는 겁니까 지금."

"네에?"

"로또 당첨돼 놓고 뭐 장난해요? 누구 놀리러 왔어요? 바빠 죽겠는데."

나와 성준은 직원의 격한 반응에 어리둥절했다.

"그게 아니고요! 지금은 맞지만, 그때는 틀리다 그래서 저희 양심적으로 계약 취소하러 온 겁니다."

직원은 머리를 흩트리며 짜증 난다는 듯 말했다.

"양심? 배부른 소리 하네. 그래 무슨 근거로 계약 취소를 할 수 있는지 얘기나 들어봅시다!"

"근거가 사실."

"지금, 부정청약자 애크로펜타스만 41건이에요. 지금 열여덟 선 길겼기돈요. 저 혼자 계약 취소하고 명도 받아서 원상복구를 열여덟 번 해야 한다고요! 누구 과로사시킬 일 있어요?"

"아, 정말 죄송합니다. 그런데."

"당장 나가요! 업무방해로 고소하기 전에!"

"네?!"

나는 고소라는 말에 순간 얼어붙었다. 동시에 성준은 나의 손을 덥석 잡았다. 그리고 밖으로 뛰기 시작했다.

나는 성준과 손을 잡은 채로 청계천에 있는 건설사 건물 밖으로 정신없이 도망쳐 나왔다. 그리고 서로를 바라보며 환하게 웃었다.

결국 이렇게 나는 아파트를 훔친 여자가 되었다.

나는 이제 그를 바라보며 마음 편히 웃을 수 있을 것 같다.

〈아파트를 훔친 여자〉 마침.

드라마 대본이
AI를 만나 소설이 되다

〈아파트를 훔친 여자〉는 단막 드라마 제작을 위해 완성된 대본이었습니다. 스토리피아storypia.com에서 AI를 활용하여 대본을 소설로 변환시켰습니다. 챗GPT와 클로드 소넷을 이용해서 전체 대본을 소설로 변환하는 데 10분 정도가 걸렸습니다. 그리고 소설화된 본문을 처음부터 다듬어서 출간하게 되었습니다.

대본을 소설화하면서 깨달은 장점은 영상화하려면 로케이션의 한계 때문에 보여주지 못하는 장소를 소설에서는 마음껏 상상하며 쓸 수 있다는 점이었습니다. 또한 캐릭터의 전사, 서사, 부동산 부정청약이나 투자에 대한 흥미로운 정보까지 추가로 담아낼 수 있다는 것도 좋았습니다. 무엇보다 가장 좋았던 것은 노트북 안에만 있던 대본이 세상에서 독자를 만날 수 있게 되었다는 것입니다.

본 장편소설을 완성하면서 독자분들의 얼굴이 그려졌습니다. 20대, 30대 그리고 40대 초반의 젊은 분들이 혜라와 성준 그리고 정국과 영빈의 캐릭터에 공감하면 좋겠다고 생각했습니다. 그들의 로맨스와 부동산 정보, 그리고 강남 로컬 에피소드를 즐기며 우리 시대 아파트의 가치에 대해서 생각해 보면 좋겠습니다.

이번 작업의 스핀오프로 〈강남부동산 마담뚜〉라는 시리즈물의 대본을 쓰고 있습니다. 그 대본도 소설로 먼저 공개하려고 준비 중입니다. 〈아파트를 훔친 여자〉처럼 일반 소설과는 조금 다른 콘셉트의 문학 + 실용서로 많은 분들과 만나면 좋겠습니다.

긴 글 읽어주셔서 진심으로 감사합니다.

강남 아파트를 가진다는 것,
그것은 곧 권력이다.

아파트를 훔친 여자

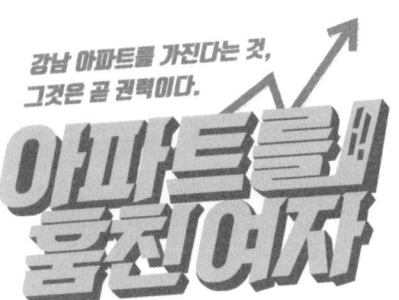

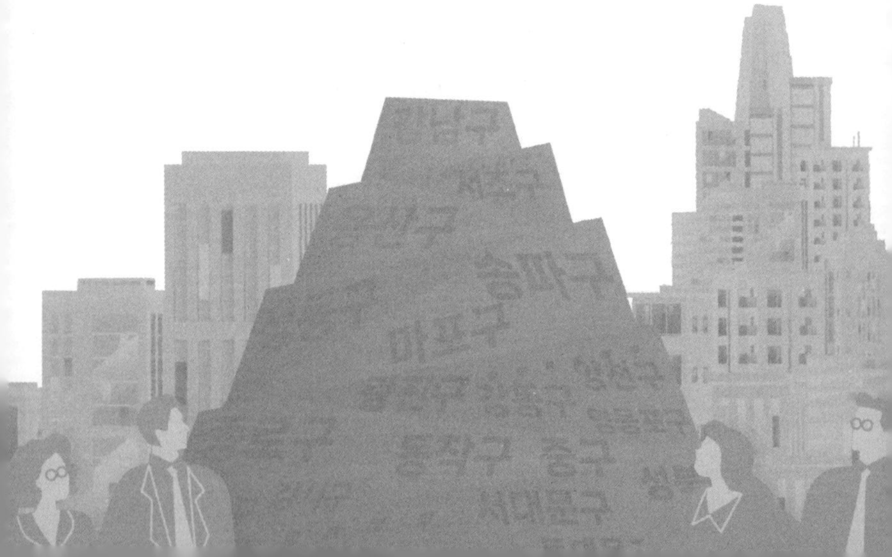